神都聽見了嗎
宋亞樹 著
紅茶 繪
Did God hear it?
下

第十五章

紫羽鳳鳥展翅梭巡，蓊鬱森林裡枝葉顫動，樹影幢幢，黃昏時刻天邊漫布紅霞。

「啪沙——」

鳳簫一襲唐裝墨衫，立於制高點，俯瞰四方。

此處山頭充滿濫葬問題，隨處可見無人管理的墳坑，黑氣由四面八方集結，匯聚林中一處，伏湧入地。方圓可見術法陣勢，依據遁甲方位分爲休、生、傷、杜、景、死、驚、開八門，以亂墳布下奇門八卦，中央圓形杜臺設布結界，密羅成網，十分隱蔽，杳無人跡。

挺不錯的，煉魂、取屍，設置此處確實方便。鳳簫眼睫一瞬，信手彈指，紫羽鳳凰乘風歸來，聚翅攏翼，停駐在他眼前。

他隨著紫羽鳳鳥而來——這是以他的靈力豢養之物，宿植於他體內，通曉他神識，是他卓越靈能的體現，也是他最親密無間的合作夥伴，可說是他的式神，也可說是他的分靈。

鳳簫信手撫了撫鳳凰頭羽，鳳鳥親暱地挨近他蹭了蹭，喙中啣著數張白色人形紙片。

鳳簫藍眸瞇起，取下鳥喙叼啄之物，眉心聚攏，啪一聲做出指訣，眸光深沉寒厲，湮滅手中碎紙。

又是生魂……對方究竟需要多少生魂？這亂葬墳崗裡有多少魂魄，多少屍體為對方所用？既然大費周章在此布下奇門八卦，亟欲隱藏之物勢必在中央結界處——地底？

鳳簫判斷方位，掐指推算九宮，發現此處竟有兩陣相疊，內外交錯，方位虛實浮動，依據時辰變化，掩人耳目。他當機立斷，決定先由東破外陣，再直取內陣西門。

鳳簫信手一揮，紫羽鳳凰瞬間化為光點，逸聚於他胸懷，消失無蹤。

接著，他足尖點地，縱身躍下，提氣疾奔，衣襬飛揚，在林間飛竄奔跳；元神輕盈迅捷，在奇門陣中穿梭自如。

鳳簫步步朝陣中逼近，須臾間，猛然被一股拉力牽制。啪嘶——一條憑空竄出的紅線發出冷冽光芒，絞纏他手臂。

「纏魂絲？真是夠了。」他拈去臂上細繩，定睛一望，前方陣內交纏密布無數惱人紅絲，鋪天蓋地。

陣中究竟有什麼？不只防生人，也防元神、生魂，嚴實森嚴、密不透風。但對方越是縝密，他便越想闖，於是二話不說捏起手訣便要將纏魂絲全數燃盡。

電光石火之間，忽有數條綠藤凌空竄來，縛爬鳳簫手腕。

「別打草驚蛇！」空氣中傳來一聲嬌喝。

鳳簫的咒訣被硬生生打斷，心中一驚，側身閃躲，脫手甩去腕上綠藤，循聲睐向手執藤鞭之人……是一名少女？

這少女是何時出現在這裡的？他始終戰戰兢兢，保持五感敏銳，竟毫無所覺？

「還以爲你很強呢，看來還是我厲害一些。」少女雙臂一扯，倏地捲鞭而回，愉快揚笑。

鳳簫覷眸打量她。對方模樣不過十五、六歲，清靈可愛，一頭及肩長髮攏在腦後，側邊綁著高馬尾。

不是人，不是鬼，不像元神，更不是妖。她通身散發出的靈力異常強大，壓迫感十足，且似曾相識……是敵？是友？

「妳是誰？」鳳簫警戒，沉聲發問。

「你祖宗。」女孩輕快笑道。

鳳簫哪是能忍受別人比他更囂張的性格？全無廢話，張手就是一個刀訣打去，少女敏捷閃過，他毫不拖泥帶水，接連數招齊發，攻勢猛烈。

「巽、坤、兌……不錯嘛！換我了！」少女飛身走位，遊戲似的一一接下，雙手反轉成結，轟一聲靈光乍現，震盪出猛烈金光。

鳳簫向後彈跳，足底生塵，兩臂橫掃，張手成盾，迅捷擋下少女快攻；少女捏訣打來的金光一道道衝擊在鳳簫藍紫色的靈盾上，完全無法發揮作用，於是她掌心猛地翻轉，雙鞭倏然朝鳳簫掃去。

鳳簫縱身躍上，轉瞬間便失了蹤影，少女抖鞭欲起，尚來不及動作，一柄桃木劍已然架在她頸項。

「鳳家靈咒？說！妳怎麼會用？」鳳簫站在少女身後，冷厲牽制她行動。

「我已經說了呀，我是你祖宗，當然會用。」少女後腦猛然向後一撞，乘隙蹬足旋身，手心一轉，雙手雙鞭瞬成雙刃，一左一右掃向鳳簫，兩道金光在鳳簫眼前快速地交錯舞動，捲起地上漫漫塵煙。

「妳是誰？出現在這裡做什麼？」鳳簫張盾格擋，俐落閃避。兩方盾刃鏗鏘碰撞，巨大靈力相搏，鄰近樹身都被動搖，枝椏樹葉紛紛墜落。

「怎麼講不聽呢？你是跳針了吧？男人囉嗦眞是要命……算了算了，這兒有兩個陣，你知道吧？」少女連聲咕噥，近戰快取，手上動作絲毫沒緩下，接連出招，招招狠戾，全未放水。

「……」鳳簫走位快速，見招拆招，不急著強攻，反倒還分出心思研究少女家學路數。

「陣中有陣，外陣是虛，內陣是實。」少女下手並不保留，語調卻不緊不慢，言談從容，對於鳳簫的強勢拆招毫不緊張，神色中竟還有一絲欣慰。

「還用妳教？」鳳簫挑眉，一劍突刺，出其不意，險些震落少女右手單刀。

「那你倒是說說生門在哪兒？」少女捉緊刀柄，迅捷反擊，同樣挑眉，眉宇間那股傲慢張揚的神氣與鳳簫十分相似。

「我傻了才告訴妳。」鳳簫微微嘖了聲，一邊接招一邊出招，轉守爲攻。

「生門不在東，在西，但兩時辰一變，我們目前只有一刻鐘。我掩護你，我先破外，你直攻內，進去探探陣內究竟藏了什麼，以不驚動施術人爲原則，眞不行，就只好先拆了這陣，擇日再來。」少女皺了皺鼻子，步步相逼，說得一副大人有大量，不與他計較的模樣。

「我爲什麼要相信妳？」破綻！鳳簫尋得空隙，揮劍攻向少女中路，劍尖毫不留情地指向少女心口。

「不相信也罷，跟上！」少女話落，輕巧卸招，身影隨即高高躍起，朝外陣東門疾奔。

「胡鬧！」這哪招？沒搞清他是否打算幫忙就先跑了？萬一他有心扯後腿，她又該怎麼辦？該說這少女膽識過人，還是愚蠢至極？眞是荒謬絕倫。

鳳簫從沒想過有朝一日會對除了自己以外的人如此評價，提步跟上，唇角竟然揚起幽微笑意。

他緊隨少女身後，少女俯身狂奔，披荊斬棘，刀法靈動，身形輕巧敏捷，不只快，甚至能一一避開纏繞林間的紅色纏魂絲，不多時已突破外陣生門。

兩人一前一後，正待長驅直入，叮鈴鈴——樹林裡卻忽有奇詭鈴音譟起，充耳不絕。

不好！少女與鳳簫心中同時暗叫不妙，對手狡詐，尙有陰招，陣內生門突變，方位一轉，四面八方皆有黑影撲湧而上。

是什麼？鳳簫定睛一望，那些竄往此處的黑影不是屍還會是什麼？

毫無生氣的臉色、腐爛的皮膚、僵硬的肢體、渙散的眼神，一看便知是遭人控制的屍體，和袁正輔住處那些烏鴉一樣，周遭密密麻麻的全是屍。

簡直喪心病狂！

「眾邪戢翼，人歸依，鬼邪伏！」鳳簫飛快作訣，劍指乾坤，劍氣掃蕩彈開前仆後繼湧上的屍人。

少女見行跡已難藏匿，埋伏盡出，當機立斷，決定強勢拆陣。

她手執雙刀，在半空中舞動出耀眼金光，一道道刀影彷彿有自己的生命般，在空中串聯交織成爲一道複雜符文，遮天蓋地，迸裂出刺眼光芒。

「順罡者生，逆罡者亡，吾身所至，永斷不祥！」少女雙臂伸展，髮絲飛揚，霎時天搖地動，風聲鶴唳，周旁跌地再起的屍人們發狂似的吼出淒厲嘶鳴，面色猙獰痛苦地朝少女抓去。

「磅——」

一道藍紫色靈盾立刻打來，及時擋在少女身前，爲少女隔開凶險；少女把握時機，毫不遲疑地揮臂劈砍，眼前屍人被她雙刀一一斬下頭顱，血濺八方。

紫色與金色靈光交迭閃動，四周風起雲湧、風聲呼嘯，鳳簫疾衝向前，少女爲他截斷後路，兩人連袂快攻，不分軒輊，配合得天衣無縫，轉瞬間搗毀外陣，攻進內部陣形。

鳳簫提劍狂奔飛躍，所向披靡，眼看黑氣聚湧之處就在眼前，不到百步便能踏及，左臂卻驀然間一陣痠麻疼痛，回首一望，竟是少女手捏咒訣，揚起一道金色烈焰朝他打來。

「快走！你沒時間了！」隨後趕上的少女素手一揮，鳳簫元神震盪，左臂被震出傷口，絲絲點點滲出血跡。

鳳簫元神漸淡，望向左臂傷痕，不由得感到不可置信。

又是鳳家靈咒？

鳳家獨門咒訣，專門用來教導下任當家的練習矯正之術，僅有血脈至親關係之人方得啟動，既有威嚇阻斷他術式的作用，又不至於眞的傷他元神。

他的母親鳳五是不折不扣的麻瓜，而他當初跟著繼承鳳家靈能的舅舅學習道術咒法時，不知曾被這練咒打過幾萬幾千次，怎會錯認？

眼前少女究竟是誰？當然不是舅舅，不是鳳五，不是他曾見過的奶奶鳳四，更不是有照片流傳下來的鳳三。瞧這靈力氣場，似乎也不是第一代當家鳳主……

「鳳二？」鳳簫試探地問，即使答案早已呼之欲出，八九不離十。

「我已經不是當家了，別喊我鳳二，我是鳳筑。」少女顯然對鳳二這個稱呼不太滿意。

「老傢伙魄魂不散，留戀人間做什麼？」可惜鳳簫也不是別人想聽什麼便喊什麼的性格，雖然已經確認少女名諱就是鳳二無誤，偏偏揀了另一個很沒禮貌的稱謂。

「這是我造的孽，自然得由我來收，但是，你的劫你得自己渡。」

她造的孽？爲什麼？

鳳簫瞇眸：「說清楚。」

「沒時間細說了，快走，你的小姑娘爲你掙的時間可不多。」少女張手又是一個快準狠的咒訣打去，震得鳳簫渾身發痛，元神瞬間歸位——

「滋——」

袁日霏面前的紅燭恰好燃盡，落下最後一滴燭淚。

「嚇！」鳳簫元神歸位，盤坐羅漢床上的身體一震，眼睫突然睜開，驚動了戰戰兢兢望著他的袁日霏。桌上燭火也在此時熄滅，時間掐得分毫不差。

見鳳簫總算睜眸，袁日霏心有餘悸，雖然力持鎮定，可眼底仍難掩驚懼。望向桌上蠟燭熄滅後的餘煙，再望向鳳簫，她胸口劇烈起伏，鬆了好大一口氣。

「妳怎麼在這裡？鳳笙呢？」甫回神的鳳簫盯著袁日霏，驀然間有些怔忡，搞不清此時狀況。

他腦中有許多資訊尚待整理，包含那個濫葬墳崗的確切位置、對方奇門陣術的使用、鳳二的離奇出現，可首要得先弄清楚眼前的事。

怎會是袁日霏在這裡？她醒來了？何時醒的？自袁正輔家離開後，她便陷入無邊無際的沉睡，是身體有哪裡不舒服嗎？她身上究竟有什麼是對方想索取的？

「他早些時候離開了。」見鳳簫神色如昔，正常發話，袁日霏全然不明白鳳簫內心對她的擔憂，眨了眨眼，終於感到心安。

「離開了？」鳳簫眸光在房內搜尋了會兒，尋不到鳳笙身影，停留在桌上蠟燭，再望回袁日霏臉上，很快推敲出緣由，低聲嘀咕：「居然找妳守燭？鳳笙那傢伙到底是多想我死啊？」

「什麼？」袁日霏一時沒聽清。

「沒什麼。」鳳簫搖頭，沒什麼好解釋的。

「對了，有養父的消息了嗎？你有請于進去養父家中看過嗎？有沒有找到什麼線索？」這才是目前最重要的事，袁日霏殷殷切切地問。

「沒有，我第一時間就通知于進了，妳養父家中雖然不尋常，但是很遺憾，除了那些我們都見過的陣術與鳥屍之外，一無所獲。」鳳簫搖首。

「怎麼會這樣？」袁日霏喃喃，神情非常難受，悵然若失的模樣令鳳簫有些心揪。

「妳醒來很久了？有沒有哪裡不舒服？我有吩咐管家看著妳吃點東西，妳吃過了嗎？口味還習慣嗎？」他自然而然地想伸手觸碰袁日霏的臉頰。

袁日霏望向鳳簫伸過來的手，回想起稍早時她偷偷觸摸他眼睫的舉止，不禁一陣難爲情與困窘，下意識往後一縮。

「我吃過了，以後別讓人看著我吃……不是，沒有以後。」什麼以後？她在說什麼？這麼痛苦的事難道還有下次嗎？她才不想再到鳳家這根本是異世界的地方來，成天讓人盯著吃飯。袁日霏面色一沉，連忙改口。

鳳簫想觸碰袁日霏的手落空，瞇起藍紫色長眸，顯然對她的閃避十分不滿。沒有以後是怎麼回事？過河拆橋啊？現在是要和他撇清關係就是了？

別開玩笑了，打從他在她右耳壓下鳳家指印後，她就休想跟他撇清關係了！

「我說，我知道美色當前，很難不受誘惑，但妳趁人不備上下其手，實在不太道德，還不承認妳暗戀我？」鳳簫存心不讓袁日霏好過，眼神落向袁日霏搭在他手臂上的那隻手，口吻極其幸災樂禍。

袁日霏目光隨著鳳簫望去，這才發現，剛剛她心中非常忐忑惶恐，爲了查看鳳簫手臂上的傷勢而伸了手，卻忘記鬆開，此刻她的手仍牢牢捉握著他的，她頓時大驚失色，將鳳簫的手甩開。

「誰暗戀你？誰又上下其手了？」袁日霏氣結，眞是佩服他顚倒是非、胡說八道的能力。「那是你受傷了，我才……咦？」

袁日霏定睛一望，鳳簫手上哪裡還有什麼傷口？方才的血跡與傷痕不知何時早已消失無蹤。

怎麼可能？袁日霏抓著他的手臂前看後看、上看下看、左看右看，怎樣都看不出所以然。好好的血痕怎會就這樣消失不見？近來發生的每件事都如此詭異難解。

鳳簫當然明白袁日霏在訝異什麼，鳳二打在他手臂上的練訣能夠同時傷他元神及肉體，而袁日霏既然守在他身旁，勢必會瞧見他受傷。

然而鳳家練咒畢竟是指導後輩的專屬咒訣，僅有短暫嚇阻與中斷術式的作用，很快便能恢復，不會留下長久的實質傷害。

他明白袁日霏的疑惑，不過何必解釋？說了也是多令她擔憂，又或者連鳳家祖宗十八代都要一併向她交代，還是算了吧。

「還說沒有上下其手？看看妳現在在做什麼？我就知道，妳暗戀我，總是要把握機會。坦白承認啊！我這麼大方，讓妳摸幾下也很可以。」鳳簫全然不顧袁日霏的疑惑，自顧自地說得很樂。

「你可以我不可以！」很可以是什麼鬼？又暗戀他？

算了，她已經不想管鳳六的傷是怎麼回事了！只要碰上鳳六，就永遠有用不完的驚嘆號。袁日霏忿忿將鳳簫的手臂甩開。

驀然間，鳳簫注意到袁日霏手上與身上有細小的白色顆粒，眉心聚攏，伸手拈起。

「鹽？」他很快便看出指尖上的白末是什麼，挑眉睞向袁日霏。

「噢，這個……」袁日霏隨著鳳簫目光望去，如實敘述：「我看蠟燭好像快燒盡了，可喊你沒應，鳳笙也不在，情急之下只好拿鹽來用。鹽可以改變燃點，燃燒時也不是百分之百只燒蠟油，多少能爭取一點時間。」

「妳很擔心我回不來？」鳳簫唇角一挑、眼神一亮，顯然開心了。他總算明白鳳二說的那句「你的小姑娘為你掙的時間可不多」是什麼意思。

你的小姑娘？聽起來多令人心曠神怡啊！

「嗯。」袁日霏頷首。

對嘛，好好說「嗯」不就好了嗎？傲嬌個毛？鳳簫看起來更得意了。

明明擔心他擔心得要命，既拉著他的手查看傷勢，又利用鹽延長燭火的燃燒時間，什麼方法都用上了，是有多擔心他多掛念他多捨不得他呀？幹麼還要把他的手甩開，跟他劃清界線？

「為什麼？」鳳簫喜孜孜地問，非得從袁日霏嘴裡撬出句更具體的、更明白的什麼來，好比喜歡他暗戀他感謝他不能沒有他之類的。

「什麼為什麼？」袁日霏被他問得莫名其妙。「你幫過我很多忙。」

這是什麼爛回答啊？不對！全錯！鳳簫真是恨鐵不成鋼。

「我也很擔心妳回不來，在妳養父家的時候。」

「噢。」

怎麼會只有「噢」？是他暗示得不夠明顯嗎？

「但妳一直在拖累我，並沒有幫我很多忙，我也怕妳回不來。」鳳簫再接再厲，繼續善心地、不著痕跡地、努力地提醒這個沒有回答出正確答案的孩子。

「所以呢？」袁日霏仍然一頭霧水。

「所以？總歸是暗戀我吧？」

「煩不煩啊你！」怎麼老是有使用不完的驚嘆號呢？袁日霏十分懊惱。

「誰讓妳嘴硬？偷摸不承認，偷吃不擦嘴。」鳳簫聽起來比袁日霏更懊惱。

快承認喜歡他暗戀他感謝他不能沒有他啊！袁日霏不是據說是哪裡的高材生嗎？怎會這麼蠢？

誰偷摸不承認，誰又偷吃不擦嘴了？這帽子也扣得太大又太狠了吧？

「噢。」句點永遠是王道，袁日霏這下連辯駁都放棄，她不想與鳳簫多做夾纏，直接出大招，打開了門扇就要走。

「等等，去哪兒呀妳？」句點王真的很可惡，居然還想跑？

鳳簫擋到袁日霏身前，不滿地瞪著她，簡直像討不到糖吃的小孩，正掀了掀唇，又想說些什麼，忽然有一道急匆匆的嚷嚷聲搭配著高跟鞋躂躂躂的聲響由遠而近傳來。

「鳳小寶——鳳小寶——」女人的叫喚聲和高跟鞋踩在地面上的聲音同樣清脆，一聲聲、不間斷的，無比催人。

這個不祥的聲音，絕對是那個不祥的傢伙！這時候跑來添亂做什麼？

鳳簫皺了皺眉，臉色一沉，回首往被袁日霏打開的門外探看。

這就是結界的壞處，雖然在結界外看不見結界內部，但結界內對外界的感知可是一點不少——看得到聽得到聞得到——爲何結界就不能好好當個金鐘罩，隔絕外來噪音，阻擋髒東西呢？

「她、她……在叫你嗎？」耳邊聽見的稱呼太弔詭，居然連向來口吻鎮靜的袁日霏都結巴了，萬分驚悚地望向由遠方快步跑到這裡來的女子。

女子好巧不巧，恰恰停在打開的門扉前，讓袁日霏能夠近距離地打量她。

她身上穿著旗袍，體型穠纖合度，容貌標緻秀麗，雖然隱約能夠猜知她略有年紀，眞實年齡卻無從推敲，就像是活生生從古畫裡走出的美人。

姑且不論眼前這位旗袍美人是什麼來頭，「鳳小寶」是個多麼不適宜多麼恐怖多麼不協調多麼見鬼的稱呼啊？

這個發音無論是「寶」、「保」、「飽」、「堡」，都無法順利與鳳六聯想在一起，難道是什麼惡趣味嗎？

再者，爲何有人在自家宅內——假設女子也是鳳家人，不，衣著如此奇異絕對是鳳家人無誤——會梳著髮髻，穿著旗袍與高跟鞋？現在是要拍穿越大戲了嗎？

異世界眞是令人毛骨悚然，踏入鳳家之後沒魂飛魄散果然是她福德深厚吧？袁日霏滿臉驚嚇，第一百零一遍心想。

鳳簫面色鐵青，沒有回答袁日霏的提問，瞪著旗袍女子的眼神越來越不善，而旗袍女子的神情也越來越不耐煩。

「鳳六、鳳簫、鳳小寶、鳳小乖、鳳寶貝、鳳貝貝——」女子開始亂嚷一通，因爲看不見結界內的鳳簫，又遲遲聽不到回應，她高跟鞋一跺，惱羞成怒，揚聲高喊：

「你帶回來的女人我連個影子都沒看見，人就不知道被你藏哪兒去了，我居然還要聽管家講才知道兒子帶女人回家！現在你竟然連自己都躲起來！好啊，你是睡了人家或是把人家肚子弄大了，無法交代才心虛嗎？還不快滾出來向你娘解釋！你再不滾出來，我就要把你六歲尿床、七歲還包尿布的事情統統抖出來，喊到方圓五百里以外都能聽見！」

揭穿自家小孩童年糗事是哪招？旗袍女子肯定就是鳳六的母親吧？好可怕……超級羞恥……這絕對是全世界所有母親共同的必殺技、大絕招吧？

袁日霏偷偷覷瞧鳳簫，鳳簫臉上明明白白寫著「想弒母」幾個大字，看來這對母子的戰爭不是一天兩天的事，平時不知鬥得有多凶狠。

而且，睡了人家和把人家肚子弄大了這兩件事本質上有什麼不同？這罵人的態勢看起來很潑辣啊！

「你帶回來的女人」指的莫非就是她？

袁日霏太陽穴一跳，只覺得鳳家人果然都是胡攪蠻纏的性子，亂來得要命，就連鳳簫平時那麼跩，恐怕都還要輸他母親幾分。

現在怎麼辦？她莫名成了鳳六「帶回來的女人」，而且還是個不知道「被睡了」，或是「肚子被弄大」的女人？

這、這這……

「我去向令堂解釋好了。」袁日霏向來果斷，立刻就要邁步跨出結界。

「不必。」鳳簫二話不說將她扯回來。「那是我媽，她就是個唯恐天下不亂的麻瓜，妳不要聽她胡說八道，她找不到我們，等等就走了。」

在鳳簫說這句話的同時，果然，看不見結界的麻瓜一個旋身，又要往別處喊去了。

畢竟鳳家很大，還有很多地方得喊，怎麼她就沒有配備揚聲器呢？以後應該錄音下來無限循環回放，要多大聲就有多大聲，要放幾遍就放幾遍。鳳五走遠時，心中懊惱地想。

「你放心，我沒認爲你對我有什麼特別的意圖，只是覺得澄清一下比較好。」見鳳簫的母親轉頭欲走，袁日霏更著急了，再度舉步向前。

「……爲什麼？」什麼沒有特別的意圖？又想跟他撇清關係？快對他有特別的意圖呀！

假如什麼也沒有的話，他何必爲了她那麼著急，何必那麼拚命想保護她，何必那麼擔心她那麼煩惱她，就連她有沒有吃飯都那麼惦記？

鳳簫惡狠狠地抓住袁日霏，自己都不明白自己到底在氣什麼，只覺得聽袁日霏這麼說，就是有一股莫名的不舒坦，極度的、很想消滅她的那種不舒坦，比想消滅自家母親更想消滅的那種不舒坦。

「什麼爲什麼？難道有嗎？」袁日霏再度被問得莫名其妙，心口卻驀地一跳。

這人今天是怎麼回事？老問她一些怪問題，好像在期待她回應些什麼，究竟是想聽她說什麼？

而且，爲什麼，不只是他，好像就連她也有點奇怪？爲什麼問他「難道有嗎？」這種無關緊要的問題，她會感到緊張，心口撲通直跳個不停？

要是他說「有」怎麼辦？要是他說「沒有」，她是不是也會有些不知所措？是她的錯覺嗎？今天和鳳簫待在一起似乎總覺心慌？

不由自主地、無法控制地……總想起被他摟抱在懷中的溫暖，想起他眼睫的細微震顫，想起他體膚的觸感。

他的呼息、他的味道，他直視著她的眸光，在在都清晰放大了起來，彷彿在她身上烙下了磨滅不去的痕跡與記憶。曾被他摸過的右耳又不禁變得熱燙，到處都充滿他的存在……

「也不是有……」鳳簫被袁日霏盯得一陣心慌，清了清喉嚨，難得回話回得不太流暢。

「沒有？」袁日霏心一沉，都不知道自己在失落什麼。

「也不是沒……煩不煩啊？妳哪來這麼多問題好問？」鳳簫越回越氣惱，恨恨地瞪向袁日霏。

「不是你先問爲什麼的嗎？」袁日霏不甘示弱地瞪回去。

鳳簫被她一句話堵死。說有也不對，說沒有也不對，袁日霏怎麼會讓人如此困窘？

她果然是他的業障無誤，他上輩子一定殺她全家了吧？不，抄家滅族都有可能，否則她怎能整他整到這種程度？

「算了。」鳳簫撇頭，不說了。

什麼算了？他又哪片毛摸不順了？到底是有還沒有？袁日霏百思不得其解，內心又有些忐忑，連忙轉開話題。

「對了，桌上那些木條是什麼？」袁日霏伸手指向桌面上那個以多根木條堆疊而成的結構體。

她對那東西很有興趣，只是方才都在擔心紅燭與鳳簫，無暇多想，如今鳳簫無恙，她總算可以安心問起瑣事。

「那是正統的孔明鎖，不是坊間那種給小孩玩的普通玩具。」鳳簫隨著她手指的方向望去，十分得意地來到桌旁，注意力瞬間被轉開。「孔明鎖是利用易經原理，結合八卦玄學的發明，結構相當複雜，不是一般人可以輕易拆解的。」

「拆解？」袁日霏走到鳳簫身旁，偏首忖了忖。「這樣？」

袁日霏話才說完，桌上的孔明鎖就嘩一聲被她輕輕鬆鬆拆了，同時鳳簫的臉也綠了，一臉驚愕。

搞什麼鬼？孔明都不孔明了啊！

「不就三維空間數學嗎？」袁日霏答得輕巧，模樣無辜得讓鳳簫很想出拳打她。

「分別設爲X、Y、Z軸，固定空間座標，設計一個三維數組，按照單元量或偏移量來移動，對應元素值——」

「好了好了，說什麼外星話。」鳳簫連忙打斷她，他才不想重修高中還是什麼時候的數學。

先被她將喜歡她這件事堵回嘴裡，接著想在她面前好好表現一下，又徹底踢到鐵板……她究竟還要讓他多困窘多尷尬多羞恥多手足無措多想捏死？

戀愛是什麼鬼東西？慢著！誰說他在戀愛了！

他只是，有一點點，就那麼一點點，認爲袁日霏是他的東西而已！

是「東西」，只是一個物件！有物件這麼難纏的嗎？妖鬼都沒這麼難纏！

鳳簫越想越不平，忿忿發話：「妳這幾天就住在這裡吧。」

對，他得保護他的東西，被她東問西問，胡攪一通，差點都忘了正事。

「爲什麼？」住在這裡？住在鳳家？住在這個異世界？和一堆莫名其妙的鳳家人住在一起？袁日霏聞言嚇壞了，向來平靜的神色難得掀起波瀾。

「我沒有理由必須住在這裡。」袁日霏嚴正拒絕。

「不然我去住妳家。」鳳簫挑眉，完全是一個不容置喙的口吻。

「爲什麼？」袁日霏實在很難保持冷靜，內心驚嚇得比方才更厲害。

「總之不是我家就是妳家，這陣子發生的事件顯然與妳有關，妳得待在我看得見、救得到的地方，妳自己選。」拜託，她有什麼資格拒絕？他都沒嫌她麻煩了。

「我總不可能分分鐘都讓你看見，我也還得上班。」袁日霏反駁。

「這麼巧？妳怎麼知道我正要叫妳別上班。」

「怎麼可能？」

「怎麼不可能？妳法醫薪水才多少？養妳都沒問題。」

「你要不要這麼囂張啊？」

「囂張得恰到好處而已。」

「我不可能不去上班。」

「好啊，那就住下吧，我讓管家去幫妳置辦衣物用品。」

「……」她是不是落入了什麼圈套？

「我不可能答應這——你怎麼了？」袁日霏正要嚴詞拒絕，鳳簫突然一陣踉蹌，伸手扶住桌緣，嚇了她好大一跳。

「沒什麼，大概這幾天比較累。」鳳簫揉了揉眉心，眉峰聚攏，口吻卻是相反的輕鬆寫意，顯然在強打精神。

這幾日連番戰鬥耗去他太多靈力，精神又持續處於極度緊繃的狀態，雖然不願承認，但他確實不堪負荷，時不時地頭疼。

袁日霏不發一語地盯著他。仔細想想，從趙晴事件開始，他就被她扯入一連串弔詭莫名的案件——季光奇家、養父家，無一不是連串攻擊與戰鬥，全靠著有他擋在前頭，千鈞一髮之際護她安危，不知耗去他多少心神。

袁日霏驀然想起鳳笙那句「鳳家人看似很強大，但也異常脆弱，一點閃失都禁不起」。

倘若這成串事件皆與她有關，那麼她是不是……眞的太令他擔憂，也眞的爲他製造太多麻煩了呢？她明明不想爲任何人增添困擾的。

只是換個地方睡覺而已……袁日霏越琢磨越動搖。

「好吧，不過得等我安排一下，準備一些衣服和日用品再過來。你別讓人幫我準備東西，我用不慣。」袁日霏糾結掙扎了好一番後，淡淡發話。

鳳簫抬眸睞她，臉上全是不可思議，不敢相信她突然就妥協了，他原以爲還得繼續勸說她好一陣子。

「假如這樣能令你安心，那就住到這些事情結束吧……就到這些事結束。」袁日霏說著說著，不知爲何困窘起來，又強調了一遍。

「好。」鳳簫十分愉快地應，總算感到頭沒方才那麼疼了。

雖然今日沒順利探入那內陣中心有點可惜，尙未找到對方地盤的眞正入口，但至少掌握住對方控制了一大堆屍人的訊息，甚至碰上不知爲何出現的鳳二，也算頗有斬獲。

再加上袁日霏答應住到比較方便他看顧的鳳家來，也使他安心不少。

動作快一點，計畫再周延一點，很快就能結束這一切了，鳳簫胸有成竹地想。

只要手上握著對方想要的袁日霏，一切就沒問題了。

第十六章

決定搬到鳳家來不過是幾日前的事而已，這幾天，袁正輔依然無消無息，一點線索也沒有。

袁日霏縱然心急如焚，卻也無計可施，僅能將手邊工作做好，備妥了簡單的衣物及日用品，啟程前往鳳家。

相對於她的輕便，鳳家迎接她——假如這能稱作是迎接的話——的陣仗顯得相當龐大。

從左而右一字排開是她見過的管家、鳳笙、穿著旗袍的鳳六母親，和幾名她沒見過的男女，少說也有五、六個人。

袁日霏將車停在鳳家大門口，都還沒打開車門，遠遠便看見這排場，太陽穴頓時一跳，花了好一番功夫才阻止自己踩下油門，加速逃走。

一群人一起站在大門口做什麼？難道是在等她嗎？又不是百貨公司迎賓送客……鳳家人不是應該都脾氣古怪，不善與人交好的嗎？站在這裡等她做什麼？又或者，這也是他們脾氣古怪的一部分？撇除她已經見過的人，其餘沒見過的人都是誰？她該如何稱呼他們？

袁日霏面色僵硬地停好車，腦中思緒紛雜，太陽穴抽疼得不得了，故作從容的模樣根本一點也不顯從容。

算了，管這些人在這裡做什麼，管誰又是誰呢？一律點頭就對了。

袁日霏暗自打定主意，關門下車，未料她才拿妥行李，頭都還沒點，姍姍來遲的鳳簫便一臉愜意，大搖大擺地越過門口那干閒雜人等，徹徹底底把那群人當空氣，視若無睹地走到袁日霏面前，不由分說拿過她手中行李。

「少爺，我來。」其中一名管家見狀立刻上前。

「不必。」鳳簫揚手拒絕，轉頭對袁日霏道：「這是管家甲，妳見過的。」

管家甲？袁日霏一愣，完全無法及時反應。這是哪門子人物介紹？

而一旁的管家先生瞧來十分淡定，像是早已習慣鳳簫這副輕描淡寫的模樣。

她要說些什麼才好？難不成說「管家甲先生您好，往後的日子有勞您照顧了」？這都是些什麼跟什麼？袁日霏嘴唇掀了掀，回應也不對，不回應更不對，一臉僵硬困窘，只覺得太陽穴更痛了。

「管家乙、管家丙，我媽我爸我舅舅我舅媽。」鳳簫隨手往旁邊一干人一指，根本沒把稱呼與人物對上，敷衍了事，絲毫沒有認真想介紹誰給袁日霏的打算。

還來啊？連管家乙跟丙都出現了？袁日霏默默望向鳳簫，已經懶得吐槽了。

「不用謝我。」見袁日霏毫無反應，鳳簫指著袁日霏還提著一半手把的行李，提醒她放手。

「我沒有要謝你。」袁日霏一把將行李搶回來，淡淡白了鳳簫一眼。

謝他做什麼？是謝他這缺乏誠意的人物介紹，還是要謝他幫忙拿行李？她的行李自己拿就好，更何況，如今這種尷尬的窘境不就是他堅持要她入住鳳家才造成的嗎？沒剖開他就不錯了，還謝他？

「什麼管家甲乙丙？有沒有禮貌啊你？更何況我也不叫你媽，我有名字好不好？」在袁日霏炸開之前，鳳六的母親倒是先炸開了，踩著高跟鞋氣呼呼地嚷嚷著過來，在袁日霏面前站定。

「我是鳳箏，妳可以喊我鳳五，或是五姑娘，這是我先生王遠慮。」鳳五十分認眞地把自己和丈夫介紹給袁日霏。拜託！這才叫人物介紹！甲乙丙是什麼鬼？

「五姑娘好，這陣子要在府上叨擾了。」袁日霏睞向鳳五，雖然覺得五姑娘這稱呼很奇怪，不過人在屋簷下，從善如流比較好，於是維持著一貫不冷不熱的禮儀，回應得有些客套彆扭。

「放心啦，妳再怎麼叨擾都沒有我兒子從小到大打擾得多。」鳳五一邊說話，還一邊撇頭嘖了鳳簫幾聲，而鳳簫對母親的回應永遠都是不回應。

話是這麼說的嗎？頭一次聽到母親說親生兒子打擾的，他們母子倆的感情究竟是好還是不好？袁日霏的頭越來越痛了。

她細細打量鳳簫的父母，鳳五依然身著旗袍，行事作風略顯荒誕，而旁邊那位王遠慮先生雖然已有年紀，但五官俊美冷然，面色厲峻，眉目間的神態與鳳簫非常相似，似乎曾經在商業雜誌上看過。

雜誌上的詳細內容她早忘了，總之是那種富可敵國的商業巨擘，無論是航空、百貨、製造、食品，皆有跨足，掌握了國內非常大一部分的經濟命脈，眨個眼打個噴嚏，都會影響到國內ＧＤＰ。

原來鳳家有著如此有力的後盾，難怪能發展成如今這般舉足輕重、呼風喚雨的光景，袁日霏默默心想。

正想著，倏地，一旁竄出的嗓音將她遊走的思緒喚回。

「日霏，我是八寶，是鳳小寶的舅媽，妳想吃什麼、需要什麼，都可以告訴我，想找人說話也可以來找我。」鳳五後面一名身材矮小的女子跑過來，十分熱情地挽住袁日霏手臂，自然地喚了袁日霏名字，親切招呼。

雖然有點自來熟，但她的嗓音溫暖、態度和善，非常令人感到舒心，約莫是鳳家這干人等中，目前最讓袁日霏感覺正常與喜愛的人物。

「有完沒完？」袁日霏還沒來得及向八寶回話，兩道男嗓同時開口，同時跑過來將兩個挽著手的女人拉開。

一個是占有慾太強，不滿妻子對外人太過關心的鳳簫舅舅——鳳笙，另一個則是既不想被舅媽喊鳳小寶，又覺得所有物被搶去的鳳簫，舅甥倆同等幼稚。

「走了，我帶妳去房間。」鳳簫將袁日霏自八寶身旁劫走，和鳳笙兩人很有默契地互望了一眼，搶過袁日霏的行李，轉頭就走。

「謝謝，打擾了。」袁日霏只得對眼前幾位長輩匆匆招呼，無奈地提步跟上鳳簫。

一路走過長長的石板路，穿過無數曲折的迴廊與庭院，鳳家依然是那般不可思議的古意盎然與氣派，荷池假山、水榭亭臺，院落內種滿許多袁日霏喊不出，甚至連見也沒見過的花草樹木。

越往內走，廊道越見隱僻狹窄，而廊道旁的植物種類越來越多、越來越稀有，萬紫千紅、枝葉繁盛，沿途馥郁馨香，和鳳簫身上總是沾染著的草木氣息十分相似。

袁日霏四下張望，跟在鳳簫身後亦步亦趨地前進，牢記路線，唯恐記錯了一個轉彎，日後便會在鳳家中迷路。

鳳簫不發一語，穿著唐裝的身影在前方步伐堅定地走著，彷彿領著袁日霏來到鳳家是件再理所當然、再天經地義不過的事一樣。

鳳六心中究竟是怎麼盤算的？他說這陣子發生的事情顯然與她有關，究竟有關到哪裡？而養父至今仍然生死未卜、毫無音訊……袁日霏望著鳳簫的背影，思緒紛亂，莫名心慌。

「到了。」終於，鳳簫在某條長廊盡頭的房間前站定，為袁日霏推開門扇。

袁日霏腳步一停，往房內張望，房裡不可思議的寬敞，依然是古色古香的中式風格，就像古裝劇裡常見的那般分為外室與內室，家具擺設以木製為主，梳妝臺、書桌、床架、茶几、屏風、茶具，一應俱全，房內一塵不染，顯見特意清潔打理過。

「這進院落只有我們這兩間房，管家們離此處都稍微有段距離，妳有什麼事就喊我。」鳳簫領著袁日霏走進房間，將她的行李往桌上擱，提聲交代。

「我們？」袁日霏隨著進房，揚眸睞向他的眼神十分不可思議。

「只有我們這兩間房」這句話怎麼聽起來有著難以形容的詭異？

雖說當初決定搬來鳳家時，她就有了與鳳簫拉近距離的心理準備，然而距離一下就拉近到住在隔壁，還是有點令人手足無措，更何況附近還沒有其他鳳家人或管家。

討厭鳳六嗎？當然不。

但有不討厭到能與他單獨住在同一間宅院，甚至是隔壁房的程度嗎？似乎仍是有點微妙的差異……

袁日霏表面平靜，內心卻亂糟糟的，一時之間也說不上來爲何而亂。

「是，這進院落就兩間房，隔壁那間是我的。」望著袁日霏一臉複雜的表情，鳳簫再度強調了一遍，心情也很複雜，莫名來氣。

她是怎樣？住在他隔壁很委屈嗎？

「怎？給妳近水樓臺的機會還不好？」搞什麼？那麼多人捧著大把鈔票求他看相看屋看風水，她可是被他親自放到身邊來看管，她竟如此不知好歹。說好的暗戀呢？

「沒什麼不好，謝謝你。」袁日霏聳肩，也不知是瞬間整理好心緒，或是索性選擇逃避，對內心的紛亂狀態置之不理。她走到桌邊動手整理起行李，霎時又將鳳簫完美句點了。

「……」明明她的回話乍聽之下一點問題也沒有，爲什麼會令人如此不舒坦呢？

眼下這種情況，應該毫不猶豫地甩頭就走，姿態端得比她更高才對，可鳳簫寸步未移，一點離開她房間的打算也沒有。

鳳簫不知在嘔什麼氣，斜著身子倚在門框上打量袁日霏。袁日霏抿了抿唇，保持沉默，打開行李，一一爲行李中的物品尋找合適的位置擺放，擺著擺著，眼角餘光持續瞥見鳳簫的注視，難以忽略，因此她終於淺嘆了一口氣，停下手邊動作，專注地望著他問：「你究竟爲什麼堅持要我住在這裡？」

雖然隱約明白鳳簫是想保護她，不過他好像還有許多話沒說出口，關於這連串事件，他似乎已有眉目，卻沒對她坦白。

無論她能不能聽懂，她都想了解這一切，不管聽見的內容有多玄妙難解，她都想試著去明白，試著去……全然地相信他。

「我說過了，這陣子發生的這些事情顯然與妳有關，妳得待在我看得見、救得到的地方。」鳳簫一頓，眉心蹙起，不解袁日霏爲何舊話重提。

「可以說得更具體一點嗎？爲何這些事情與我有關？你之前不是說，這些事情或許是衝著你來的？怎麼又與我有關了？」

「說得更具體是要多具體？就算我說了，妳也不懂。」鳳簫瞇起異色瞳眸，雙手盤胸。縱然她與他一同經歷了許多事，但什麼陣法啊、妖術、迷障啊，難道能三言兩語說清？

「你不說怎麼知道我不懂？」袁日霏瞪著他，跟著雙手盤胸。

「妳之前不是常嚷著不信命理，用怪力亂神來駁斥那些妳不懂的事，現在又想知道了？我說了妳就會信？」

鳳簫的語氣興味十足，有調侃有諷刺有捉弄，袁日霏被他說得喉頭一噎，回想起從前對他的嗤之以鼻與不以爲然，雙頰微赧，口吻仍是毫無波瀾。

「我是想知道，也確實相信你，我曾經幫你守燭，也依言搬來了。」她不只相信他，甚至依賴他，否則她如今又怎會在這裡，與他共處同個屋簷下？

他明知故問，無妨，她便如實承認，說得坦蕩明白。

未料她會如此坦率，鳳簫胸口怦然一跳，反而有些手足無措，又有點開心。

對嘛，很好很好，她終於有幾分暗戀他的樣子了。

「去妳養父家的那天，對方想用妳煉陣。」鳳簫以坦白回報她的坦白，既隱隱擔憂告訴她實情是否妥當，又爲了她的信任感到喜悅莫名。

「煉陣？」袁日霏挑眉。奇怪的名詞越來越多，她已經越來越不奇怪了。

「是，煉陣。對方要生魂，要屍體，也要妳，我懷疑他想啟動一個逆天的陣勢，試圖令什麼東西起死回生，而啟動這個陣勢需要妳。」

「需要我？爲什麼？」袁日霏一愣。

「我怎麼知道？妳又不把生辰八字交出來。」鳳簫話中的指責意味很明顯。

這根本就是見縫插針！她才不願意在這種勒索下交出八字！

「起死回生？就像我們那天看見的那些烏鴉一樣？」袁日霏轉移話題。

「不，不太一樣。那天看見的鴉群是被操控的屍體，說穿了僅是沒有自主意識的傀儡罷了。但對方需要的不只是屍體，還需要能令人眞正還陽的生魂，藉此令人眞正地返陽復生，成爲有肉身、有魂魄，和你我一樣有自由意識、能自主行動，如假包換的活人。」雖然明知袁日霏在轉移話題，不過這件事也很重要，鳳簫便由著她。

「怎麼可能辦到這種事？」袁日霏語調揚高，顯然十分不可思議。

「倘若我說就是行呢？」鳳簫態度鄭重，一點開玩笑的意思也沒有。

袁日霏望著他的表情，知道他認眞無比，全然沒有懷疑，僅是沉默了會兒，鎖眉開口：「你之前懷疑這些事是衝著鳳家來，只是無端把我捲入，所以你得擋到我身前，盡力護我安危。那麼，如今既然已經明白事情是針對我，不是針對鳳家，那你其實就可以抽身而退了。」

袁日霏就事論事，出於不喜打擾連累別人的本性，自然而然得出如此結論。

鳳簫睞著她，嘴角一抽，當下連掐死她的心都有了。

她這麼一說，倒顯得是他很想幫忙，很想主動照顧保護她一樣，怎麼可以這樣？就算知道也不要說出來啊！他一定得站穩是她暗戀他的立場才行。

「抽身而退哪有那麼容易？妳以爲我想管？悖天之事便是鳳家之事，我也是很倒楣的好不好？誰不想沒事在家翹腳喝茶睡覺斂財啊？」鳳簫說得很沒好氣。翹腳喝茶睡覺就算了，斂財是怎麼回事？

「正經點。」袁日霏皺眉。

「我這不是很正經嗎？」鳳簫跟著皺眉。

「哪裡？」袁日霏眞是佩服他睜眼說瞎話的本事。

鳳簫睨她一眼。「與其叫我正經點，妳要不要先跟我說說在妳養父家裡看見了什麼？除了妳養父舉槍自戕的幻覺，還有別的嗎？」

袁日霏聞言一頓，嚥了嚥口水，直視著鳳簫，驀然有些心驚。

與鳳簫對話從不容易，他不只囂張跋扈，還相當敏銳犀利，她以爲他早已忘了這回事。

「也沒什麼，就是一些關於我小時候……被收養前與被收養後的片段與畫面，就像你說的，或許全是幻覺。」袁日霏答得輕巧。

憑她這種避重就輕、此地無銀三百兩的態度，鳳簫會相信她口中說的「沒什麼」才有鬼。

「既然沒什麼，有什麼好不能說的？幹麼？妳小時候很會尿床？」鳳簫想也不想地吐槽她。

「誰尿床了？你才包尿布包到七歲！」袁日霏二話不說以從鳳五口中聽到的糗事回敬。

「袁日霏，妳很幼稚。」鳳簫擰眉瞪她。

「近墨者黑。」袁日霏不甘示弱地與他互瞪，兩人大眼瞪小眼，瞪到後來，袁日霏居然有點想笑。

這到底是什麼跟什麼？她現在與鳳簫兩人的行徑簡直像兩個小學生在吵架。

「我看見……那天……總之……是一些很凌亂破碎的畫面。在畫面裡，我似乎是養父母的親生小孩，爲著某些原因，他們將我棄養，過了許多年才又接回。」心情驀然放鬆，眞心話理所當然地溜出口，袁日霏直視鳳簫，盡量說得平淡。

鳳簫目不轉睛地瞅著她，漂亮的異色眼瞳中似乎泛湧著什麼心緒。他沒有回話，僅是靜待她將好不容易出口的話說完。

「你說的，或許全是幻覺罷了。」袁日霏聳聳肩，見鳳簫仍舊一瞬也不瞬地望著自己，須臾間心虛了起來，若有似無嘆了口氣，垮下雙肩。

「好吧，我其實並沒有那麼不在意，也並不眞認爲那全是幻覺。事實上，我前幾天已經將我與養父的檢體樣本交給鑑識組了。」

她突來的自白令鳳簫一頓，眼眉間染上幽微笑意。

她時常出人意表、冷不防地道出眞心話，就像當初在茶樓裡，她坦承自己太驕傲，錯估了季光奇與趙晴，而他誣賴她是個西裝控時一樣。

他很喜歡她這樣的性格，不卑不亢，清清淡淡，該維護自尊時絕不妥協，該放下身段時也絕不含糊。

「知道了又如何？眞是妳的生父又如何？」鳳簫實事求是地問。

袁日霏忖了忖，其實她也曾思考過這個問題，但始終無解。

「不如何。假若養父眞是我的生父，我只想問問他爲何不顧生母的反對拋下我，又為何要接回我。當然，即使知道原因了也不能怎樣，我只是想知道罷了……你覺得我很無聊？」他望著她的眼神裡彷彿隱含著些什麼她看不明白的情緒，袁日霏試圖讀懂他的眼神。

他好像在探究她，她本以為他打算指責批評她，又好像不是……

「不，每個來批命卜算的人都是這樣，每個人都想知道那些知道了之後也不能如何的為什麼。」鳳簫搖了搖頭，說得習以為常，口吻中沒有太多波瀾。他只是單純想了解袁日霏的想法而已，對她的想法並沒有太多意見。

「你曾經有過這種感受嗎？想知道那些知道了之後也不能如何的為什麼。」袁日霏反問。

「當然有，我也曾經很想知道為什麼我是鳳六。」鳳簫答得飛快。

「你不喜歡當鳳六？」袁日霏挑眉。有可能嗎？他看起來總是那麼從容自信、游刃有餘，莫非他也會因為他的能力、責任與身分感到困擾？

「妳說呢？」鳳簫隨她挑眉，越來越喜歡跟著她的表情做出表情。

「我不曉得。」袁日霏思索了會兒，沒有答案。

「無妨。」鳳簫懶洋洋地帶過話題，對於這種太虛無飄渺的提問，他向來不願太深究。

「假如能早點找到養父就好了，直到今天都還沒有養父的消息。」既然他不想談，袁日霏也無意追問，將話題移轉至她目前最關切的事上。

「我也希望能趕緊找到妳養父。」鳳簫附和。

「噢？」袁日霏仰顏睞他，有些訝異他也想得知袁正輔的下落。

「先不提于進八卦來的那個有關仙姑的傳聞，妳的養父聽說季光奇的案件後，不是託了于進找我？刑警局長找我幹麼？要查稅也輪不到他。我猜測，他或許知道些什麼，又或者是想問我些什麼。」直覺告訴他，袁正輔勢必掌握了某些重要的訊息，才會因此被對方捷足先登。若眞是如此，袁正輔恐怕已經凶多吉少，但他並不想刻意提醒袁日霏這點。

「嗯。」原來是想掌握養父那裡的線索。袁日霏點了點頭，這推測十分合理。

不過，查稅是怎麼回事？難道鳳六眞的斂財了嗎？否則幹麼提查稅？

不對，這根本不是重點，不要隨他起舞。她對他的關心與好奇似乎已經遠遠超出了她自己的認知，她竟然想了解他，否則方才爲何問他是否喜歡當鳳六？

見袁日霏臉色忽明忽暗，不知在糾結什麼，鳳簫以爲她還在擔憂養父安危。

「妳最近也夠折騰了，多想無益，這裡很安全，早點整理好東西，早點休息，養足體力才好做事。晚點吃飯時我再來喊妳，需要什麼都儘管開口。」鳳簫本能地想令袁日霏好過些，所以才如此出言交代，未料越說越怪，好像說得太張揚太露骨，顯得他很那啥一樣。

「幹麼？我可不是關心妳才這麼說的，我們現在怎麼說也算是……室友？敦親睦鄰是必要的。」鳳簫適才溫情的口吻陡然一變，霎時陰狠彆扭了起來。

這一瞬間，袁日霏突然明白了鳳簫那雙漂亮的瞳眸中隱隱流動著的心緒是什麼，她終於意會過來，終於看懂了。兩頰浮暖，她沒來由有些心慌。

他關心她、體貼她、照料她、保護她……不僅如此，他的目光總是緊緊跟隨著她，在意她每個情緒反應，甚至老誣賴她暗戀他，非要她說出些什麼傾心於他的蛛絲馬跡，若沒順他心意，便突如其來鬧彆扭發脾氣……

他喜歡她？

她怎麼會遲鈍到現在才發現？她甚至要他抽身而退，可他早已陷入。

她饒是再沒戀愛經驗，亦能由這種種行爲模式去分析他的心態。他釋放出的訊息如此明顯，連沒學過心理學的人也能輕易察覺，更何況心理學一向是她的拿手科目。

或許，正因爲她身在其中，再加上她對鳳簫的心思也有些含糊難辨，所以才會失去平日的判斷力吧？

「我走了。」鳳簫被袁日霏直勾勾的眼神看得略感焦躁，似乎整個人在她面前都顯得透明起來，無所遁藏，只好趕緊擺了擺手，轉身就要退離袁日霏的房間。

「鳳簫。」袁日霏倏地喚住他。

「怎？」鳳簫旋足，因她難得喚他全名而心頭一跳。

她的聲線明明平緩沉穩，不是那種嬌軟清甜的嗲柔女聲，怎會令他胸口泛甜，緊張得不像話？

「謝謝你。」袁日霏靜睞著他，眸光深切，雙頰生豔，言詞誠懇中隱約帶著些曖味的、了然的意味，朦朦朧朧的，勾得人一顆心七上八下。

「謝什麼？」鳳簫原本舒展的眉心皺起，唯恐她會說出什麼令他無法招架的對白。

奇怪了，這世界上有什麼對白是令他難以招架的？他可是多少人仰望的鳳六！鳳簫內心嗤之以鼻，額際卻冷不防落下一滴冷汗。

不，這世界上確實有令他難以招架的對白，比如她突然說「謝謝你，但我可以自己處理這些事情，不需要你費心」，又或者是「謝謝你，但我現在沒有談戀愛的打算」、「謝謝你，我們不適合」……

等等、不對！統統都不對！他擔憂這些做什麼？

沒有人喜歡她，沒有人想跟她告白，也沒有人擔心被她發卡！

什麼跟什麼？不是這樣超展開的！就算已經展開了，他也絕不承認！

「總之，鳳簫，謝謝你，一切。」袁日霏看著鳳簫難掩忐忑的模樣，內心對他喜歡她這個推測更加篤定，頰色染得更加紅豔，暫時無法做出更多反應。

她並不討厭這件事，卻也不想說破。

誰喜歡誰，誰依賴誰，誰又暗戀誰，這些彎彎繞繞的兒女情長，暫且都擺到這連串詭譎案件後吧，未來的事未來再說——假若，他們之間有能夠發展的未來的話。

袁日霏口中所說的「一切」是什麼？

鳳簫回望著她靦腆赧然的眼神，好像稍稍明白了她想說什麼，又不是很明白；想問，又不太敢問；胸口彷彿有點浮躁，偏又浮躁得有些舒坦，心音猛然喧囂了起來，怦怦跳個不停，難以控制。

「哼。等等記得一道吃晚飯。」鳳簫負手一揮，彆彆扭扭地走了。

袁日霏望著他賭氣的背影，情不自禁摸了摸右耳，笑了。

第十七章

原來，鳳家不只迎接她的陣仗很龐大，就連吃飯的陣仗也很龐大。

看見飯廳那浩蕩排場的第一秒，袁日霏就後悔爲何自己要因爲不好意思拒絕八寶的盛情，答應要來飯廳和其他鳳家人一起吃飯了，她應該堅持躲在房間裡的。

鳳家人全數到齊就算了，桌面上起碼有二十道菜，中式、西式、飯、麵、湯、沙拉、甜點、飲料……應有盡有，根本是buffet。

這究竟要吃幾頓才吃得完？浪費糧食也不是這樣的……等等，該不會桌上這些能夠被完全掃空吧？袁日霏越想越害怕，異世界果眞不是她該待的地方。

「日霏，來，快坐下。我不知道妳喜歡吃什麼，所以什麼都準備了。」袁日霏還在胡思亂想，八寶便親暱地過來拉著她入座。

「謝謝妳，我什麼都吃。」袁日霏有些不自在地被拉著坐下，雖不討厭，但她不太習慣別人如此熱情。

「那好，多吃一點。來，小寶坐這裡。」八寶看起來很開心，將袁日霏面前的碗盤推給她，興沖沖地跑回鳳笙旁邊的位子坐下，將袁日霏身旁的座位留給鳳簫。袁日霏與鳳簫兩人的正對面則是鳳簫的父母——鳳五與王遠慮。

「不好意思，讓妳這麼費心。」袁日霏拿起筷子，望著面前五花八門的菜色，不免又向八寶道謝了一遍，這實在太隆重了。

「她喜歡伺候別人，由得她去，不用不好意思。」鳳笙瞥了袁日霏一眼，又冷冷瞧了八寶一眼，面無表情地發話。

袁日霏一愣，抬眸望向鳳笙，輕而易舉地由他的口吻中感受到不悅。

為什麼？這不悅是衝著她來的嗎？可她之前曾與鳳笙碰過面，並未感受到他對她有敵意，還是……鳳笙是不喜歡八寶忙這些「伺候別人」的事？

「我才不是喜歡伺候別人。」八寶笑嘻嘻地回，討好地捏了下鳳笙的手，很有安撫丈夫的意味。「我是以小寶舅媽的身分準備這桌菜的，小寶難得帶女朋友回家——」

「我不是他女朋友。」袁日霏趁著這機會嚴正說明。

「是，就像我也不是鳳小寶一樣，大家都知道。」鳳簫迅速接話。

這話一出口，對座的鳳五與王遠慮都笑了，笑得有點曖昧，笑得袁日霏十分毛骨悚然。

他分明就是鳳小寶啊，這麼一說，不是明擺著她是他女朋友嗎？什麼一樣？根本完全不一樣啊！

「等等，我——」袁日霏急著想解釋，可鳳簫一點也沒有要讓她反駁的意思。

「妳一個人住，很少跟這麼多人一起吃飯，一定很不習慣吧？」鳳簫馬上轉開話題。

「沒有，小時候在育幼院也是很多人一起吃飯，我很習慣。」這麼多雙眼睛盯著她，她縱然想撇清與鳳簫的關係，還是得先回答這個和大家有關的問題，因此想也不想地接話了。

育幼院？對了，都快忘了她有著這樣的成長背景。爲什麼她隨便說句話都會令他心口一揪，這太不講道理了！

想到她有那麼長一段童年都在育幼院度過，鳳簫不免有些心疼。

不過，感到心疼的可不只他一人，還有膝下無子女、母愛氾濫的八寶。

「日霏，雖然我知道說起來很容易，做起來很難，但是，妳把這兒當作自己家就好，千萬不要客氣。我小時候也曾經寄人籬下，明白那種心情不好受，妳需要什麼，想吃什麼，儘管告訴舅媽，知道嗎？」

「好，謝謝八寶。」她差點跟著一起喊舅媽，這陷阱題實在太恐怖，袁日霏背後一陣惡寒，默默鬆了一口氣。

「多吃點，來，吃這個。」已經徹底將袁日霏當自己人的八寶頓時挾了一大堆菜，放進袁日霏面前的餐盤。

「芹菜？九層塔？」鳳簫瞪著袁日霏餐盤裡那堆亂七八糟的食物，表情像看到鬼一樣。「怎麼淨挾這些有的沒有的？」

「什麼有的沒有的？我很愛吃，一點問題也沒有。」在鳳笙殺了鳳簫之前，袁日霏先開口救他了。「怎？你不敢吃芹菜？也不敢吃九層塔？」

「不是不敢，只是能不吃就不吃。」鳳簫嫌惡地皺眉。

「為什麼？」袁日霏莫名其妙。

「還不就是怕變黑，有夠娘的，他從小就這樣，哈哈哈哈哈！」怕變黑的某人的母親無良地笑了起來。

「無聊，誰怕變黑了？不想吃不行嗎？」某人涼淡地橫了母親一眼。妨礙美貌天理難容，不必跟笨蛋廝瓜解釋！

「不怕就吃吧，吸光性食物也要適量攝取。」既然他這麼說，袁日霏十分乾脆地挾了芹菜與九層塔到他的碟子裡。

「……」鳳簫一臉僵硬，瞬間非常想把袁日霏捏死。

這下好了，到底吃還不吃？

吃的話顯得他對袁日霏太言聽計從，不吃的話顯得他太那啥，鳳簫陷入兩難，苦悶得不得了。

一桌子人瞧著鳳簫啞巴吃黃蓮、有苦說不出，而袁日霏平淡不為所動的模樣，就連寡言的鳳笙都微微勾起唇瓣，隱約透出笑意。

「都看著我吃飯幹麼？去去去！你們沒有自己的飯要吃嗎？」鳳簫惱羞成怒。

「好了，別鬧小寶了，大家快吃吧。」會適時為鳳簫解圍的永遠是八寶。

「我不是小寶！」新仇加舊恨，鳳簫越發氣急敗壞。

一干人愉悅地動起筷子就食，沒人理他，霎時間你幫我挾菜、我幫你添飯，氣氛好不和諧。鳳簫氣苦，袁日霏卻想大笑。

「對了，今天又有人上門來問感情事了，你到底何時要開放這一項？處理感情分明很好賺呀。嘖嘖，你娘扛起來的鳳家招牌都要被你砸了。」飯吃到一半，鳳五驀然想起這回事，出聲抱怨。

「煩不煩啊他們？早說了不看感情，聽不懂人話嗎？」鳳簫翻了個白眼。

「為什麼不看感情？這個類別有什麼不同嗎？」袁日霏很自然地發問。

「沒什麼不同，只是問感情的業障特別重，又特別玻璃心，念幾句就哭，真給出什麼有建設性的意見，他們又做不到。總之，當鳳六就是煩，你們為什麼不多生幾個？」鳳簫抱怨到後來，忍不住將矛頭指向只生了一個兒子的父母。

「就算多生幾個，你也還是鳳六。」席間一直保持沉默的王遠慮終於說話了。

「至少分散一下風險。」鳳簫聳肩。有個兄弟姊妹的話，他至少能把氣出在兄弟姊妹身上，就像于進一樣。

「當鳳六當得這麼不甘願，不如你當麻瓜好了。」鳳五哼哼。

「那倒也不必。」鳳簫拒絕得飛快。

「幹麼？瞧不起麻瓜啊你？好歹我也是地表最強麻瓜，鳳家事業可是在我手上興盛到頂點的。」鳳五反擊。

「是是是，母親大人最厲害最強大了。」鳳簫回應得非常敷衍。

「那當然。」鳳五才不在乎兒子敷衍不敷衍，逕自洋洋得意了起來。

「多生幾個分散風險是什麼意思？有手足的話，你就未必是鳳六了嗎？」袁日霏越琢磨越好奇。

「別聽他亂講，鳳家每一代僅會有一人繼承靈能，即使鳳六有兄弟姊妹，他也還是鳳六，就像我這代只有我一人承繼靈能，而鳳五是個麻瓜一樣。」鳳笙說明。

「那，挑選誰繼承靈能的條件是什麼？由誰來挑選？神？」用餐氣氛愉快，袁日霏也問得容易，沒有太多顧忌。

「誰生下來有靈能就誰嘍，哪有什麼挑選的條件？神？別鬧了，鳳家人見過不少妖鬼，卻誰也沒見過神。」鳳五接話。

「哪有？妳這個鳳家人就沒有見過鬼。」鳳簫信手一指，吐槽的當然是自家母親大人。

「亂講！我好歹也見過幾次好不好？」鳳五立刻反駁逆子。

「既然你們都沒見過神，那，你們怎麼知道有了靈能之後該做什麼？又是怎麼知道該如何收妖驅鬼？」既然已經開啟了話題，袁日霏順勢聯想下去。

「妳有嘴，不用人教就會吃；有耳朵，不用人講就會聽；有眼睛，自然就會看。吃飯喝水，何必要教？」鳳笙回應得順理成章。

「應該這麼說，我們雖沒見過神，不過我們相信天，相信天賦必有所用，相信降臨到身上的一切能力都有其必然的道理，所以，有沒有見過神一點也不重要，我們會什麼就做什麼，比起神，我們更相信自己。」鳳笙說得硬，八寶唯恐袁日霏感到不快或受傷，連忙委婉解釋，還順手塞了一堆食物進鳳笙碗裡，試圖堵住他的嘴。

「是啊，比起神，我們更相信自己。」鳳五一邊吃飯吃得臉頰鼓鼓的，一邊附和八寶。「鳳家人不拜神，這座宅子裡沒有任何神像，看似沒有任何信仰，可其實我們信天地自然，信冥冥中自有安排，信天、信地、信人。」

既不拜神，看似無信仰，卻相信天？這是什麼道理？袁日霏越聽越不明白。

「很難懂？」鳳簫看出袁日霏的一頭霧水。

「有點。」袁日霏頷首。

「不要理她。」鳳簫總結。

「什麼不要理我？」鳳五氣得拿餐巾紙扔兒子，非得說明清楚。王遠慮對妻子與兒子之間的互動似乎早習以為常，絲毫不為所動。

「就是，我們信天地自然，所以我們相信自己的能力，相信擺在前頭的障礙絕對不是要我們認輸投降，而是要我們奮力破關。就像我是麻瓜，我也曾經很怨懟呀，但我還不是靠著其他方面補強，把鳳家搞得風生水起？所以，即便多微小也好，一定有我們能夠做的事，一定有我們存在的理由，這就是我們信奉的唯一眞理，這就是天道。」

「就叫妳不要理她吧！聽，她又開始自賣自誇了。」鳳簫不以為然地打岔。講沒幾句就要對自己歌功頌德一番，這絕對是種病吧？

袁日霏瞅了鳳簫一眼，抿唇斂起笑意，她現在完全明白鳳簫的孔雀習性來自於誰了。

「日霏，妳才不要理他，妳聽我說，自己會什麼就做什麼，根本不用管什麼神，不顧一切往前走就對了。妳這陣子就在鳳家安心住下，什麼都別煩惱別擔心，即使天塌下來，都有鳳家人幫妳扛。」鳳五狠瞪兒子一眼，直視袁日霏，十分認眞地強調。

她會特別這麼說，當然是因爲上回鳳簫帶袁日霏回過鳳家後，她馬上就利用鳳家的情報網與人脈，將袁日霏的身家背景、過往經歷全都查過，自然得知了袁日霏自幼在育幼院長大，以及被收爲養女，養母過世，接著又到刑警局任職法醫的種種，對袁日霏內心幽微難解的心結隱約能夠猜得幾分。

「知道了，謝謝五姑娘。」袁日霏應下，基於禮貌向鳳五道謝，雖然她依舊覺得鳳五說得有點玄妙難解。

相信天賦必有所用，會什麼就做什麼，不顧一切往前走，這樣就是天道了？說起來好像很容易，好像也很不容易……要怎樣才能這麼豁達？

「好了，別光顧著聊天，快吃飯吧！」八寶將袁日霏遊走的神思喚回來。

「好。」袁日霏點頭。

「別胡思亂想。」這回說話的是鳳簫。

「我沒有。」袁日霏否認。

「最好是。」鳳簫試探性地分了點青椒牛肉到袁日霏盤子裡，驚異地看著她連眉頭都沒皺一下地放進嘴裡吃掉。

「妳連青椒都吃？妳是廚餘桶嗎？」青椒根本魔界生物啊！鳳簫不可思議。

「你連青椒都不吃？你是小朋友嗎？」袁日霏也很驚異。

「他就是小朋友。」小朋友的爸爸久違地開口。

「跟蠟筆小新一樣。」舅舅適時補刀。

「不要欺負小寶啦！」舅媽永遠解圍No.1。

「我不是小寶！」鳳簫反駁完舅媽，又吼向舅舅：「你才蠟筆小新，你全家都蠟筆小新！」

「他全家也包含你啊，哈哈哈！隨便啦，我們陪你當小新無妨啊，媽媽我人美心善，最寬宏大量了！」鳳五得意地笑了起來。

袁日霏聞言跟著笑了，睞向氣呼呼的鳳簫，再望向餐桌旁其他人，不知為何，總覺得心頭暖暖的，異世界好像也不那麼驚悚了。

鳳簫在家的模樣和平日在外高大上的形象差距極大，看他被家人欺負吃癟，莫名有點好笑又可愛。

而這個異世界鳳家，每個人看似都我行我素的，彼此之間卻似乎又有著強烈的羈絆與平衡，氣氛愉悅和諧。

就像她心目中曾描摹過的美好家庭樣貌。

袁日霏想，或許，來到鳳家便是她目前能做的事，既來之，則安之。

用過晚餐後，袁日霏早早洗漱上床，準備休息。

雖然她已經告訴過自己隨遇而安，可換了新環境的夜晚總是難以安枕。

她躺在床上翻來覆去，朦朦朧朧中似乎睡下了，又似乎沒有，一夜難眠，索性起身，隨便整理了下帶來的行李，翻開隨身攜帶的手帳，將夾在其中的兩張紙片拿出來，怔怔凝視出神。

一張是寫著她生辰八字的紅紙，一張是遲遲沒被她扔掉的、簡霓在廟裡幫她求得的上上籤。

視線首先落向紅紙，她的命運彷彿從一出生開始，就被這張豔色紅紙強硬蠻橫地宣告了不幸；而那張潔淨純白的上上籤，本來一度被她丟了，卻不知為何又回到她身上，後來她幾度拿出細看，皆猶豫未扔，或許是因為潛意識裡終究希望這籤詩能為她捎來什麼好運吧？

可看看如今的景況——上上籤？大吉？

接二連三發生弔詭案件，就連養父都失去消息，哪兒還有半點吉利？

不過是區區兩張薄紙，怎麼便能預告或決定一個人的命運？

五姑娘說，信天地自然，信冥冥中自有安排，這要做到談何容易？

袁日霏深嘆了口長氣，望向窗外月光。千頭萬緒，橫豎是再難入睡，於是她乾脆搭了件薄外套，隨手將籤詩與紅紙放進口袋，走到外面庭院透氣。

鳳家宅院內某一角，偉岸錯綜的松柏竹林之中有座以土石堆砌而成、高於地面的齋醮祭壇，設內壇、中壇、外壇，法天象地而立，列斗環星。

齋醮壇上插著青、紅、黃、白、黑五面邊緣鑲著齒狀色塊的五色旗，代表木、火、土、金、水五行，旗面上寫著「敕召」等字，籐製旗桿上的飄帶被夜風帶起，隨風輕揚。

鳳簫清俊挺拔的身影立於壇中，異色雙眸銳利冷峻——

夜晚靜深，園中參天古木矗然聳立，枝繁葉茂，百花綻放，袁日霏在庭園中走了會兒，入鼻空氣清新舒心，頓覺神清氣爽，方才陰鬱的心情似乎稍微提振了些。

空氣中暗香浮湧，月華透過樹縫灑落下來，萬物皆被染上薄薄一層銀光。

袁日霏漫步在月色裡，走走停停，隨意走看了會兒，忽覺前方有道刺目光芒，從林縫枝葉中透出，一閃即逝，過了幾秒復又亮起，再度熄滅，那刺眼的亮度與閃爍的頻率看來絕非月光。

她內心有些存疑，定睛凝望著好一會兒，想了想，往後退了幾步，前方忽明忽滅的光芒不再，一片闃靜，周圍恢復成沁涼夏夜的安寧模樣，除了月光之外全無光線。

袁日霏一怔，低頭望向自己的腳，而後再踏前幾步，前方光芒復又一明一滅了起來。

這情景似曾相識，並不陌生，已經發生過好幾次。走進結界，便能窺得結界當中動靜；走出結界，便對結界當中一切渾然不覺。

結界？

這裡設布了結界？誰？

鳳六說鳳家很安全，而這個院落只有他們兩人，想必是鳳六吧？

他大半夜的不睡覺，跑到園庭設置結界做什麼？

袁日霏落在足尖的視線移向前方，忖了忖，提步踏入——

齋醮壇中，旌旗飛揚，鳳簫雙手舞動，飛快作訣，指尖所及之處逸發藍紫色靈氣，千絲萬縷光芒在空中迸化交纏，結集成常人難以辨識的符文，閃爍耀目，凌厲劃破夜空。

「一書符於章，上奏於天——」第一道符，鳳簫虛空成符，藍紫色符文散發刺目光芒，破空而入，直指天際。

「二召將請神，令其殺鬼——」第二道符，鳳簫洋洋灑灑，一氣呵成，炫燦符文瞬間幻化爲千軍萬馬，雷霆萬鈞。

「三關照冥府，煉化亡魂——」第三道符，鳳簫一鼓作氣，連番作訣，周邊霎時充盈精銳陰煞之氣，帶起劍影火光，會同第二道符籙，朝那日發現的濫葬墳崗方向奔騰而去。

當日惦著元氣有損、袁日霏未醒，又尚且摸不清對手底細，不敢躁進，如今養足了精神，袁日霏也已搬入鳳家，安全無虞，鳳簫便蓄勢待發，迫不及待。

雖然暫時找不到對方眞正的所在地，無法進入對手巢穴，攻入那嚴密守實的內陣，但依循方位，肅清濫葬墳崗上亂七八糟的屍人與亡魂，令對方元氣大傷還是可以的。

「符無正形，以氣而靈；召神劾鬼，鎮魔降妖。」鳳簫衣袂飄飄，嘴中喃喃，同時蘊化好幾口眞氣，第四道、第五道、第六道……接二連三下了好幾道戰符，迅疾衝往同個方向，須臾間劃起好幾道雪線弧光。

袁日霏走進結界裡來，發現鳳簫時，看見的正是這幅光景。

鳳簫長身玉立，手掐咒訣，沐浴在月華裡，月色將他周身染出光暈；壇上旌旗獵獵作響，在他一個彈指下發出悠長嘯鳴。

旗面嘯聲鼓譟狂妄，帶動周旁氣流，轉瞬間揚起沖天之勢，五旗盡起，拔地而出，直衝天際，在夜色中留下幾道煙霧繚繞的光帶殘影，映照出鳳簫挺直如松的身影，姿容清雋，靈氣逼人。

袁日霏一時被眼前景象震懾得動彈不得，愣愣望著鳳簫出神，過了好一會兒，才意識到自己出現在這裡會打擾到他，正想趕緊離開，未料旋身時觸動一邊的枝葉，發出窸窣聲響。

「誰？」鳳簫動作比聲音快，話音未落，起手刀訣已朝袁日霏所在方位轟去。

袁日霏沒來得及閃躲，杵在原地未動，待鳳簫看見她右耳那枚櫻瓣在黑夜中發出淡淡光芒，欲收勢卻已不及，指尖方位驚險偏移半寸，砰一聲擊中一旁樹木，發出沉堵悶響。樹身震顫、枝葉婆娑，頂上香花紛紛跌墜，落了袁日霏滿頭滿肩。

第十八章

「妳在這裡做什麼?」鳳簫揚聲便吼，瞇細著眼走到袁日霏身邊，拈去她頭上花瓣，話音深沉，明顯不悅。「大半夜不睡覺在這裡幹麼?結界可以這樣任妳瞎闖嗎?趨吉避凶懂不懂啊?」

袁日霏一時被他吼得無法反駁，因爲她確實一點也不無辜，明知道有結界還闖進來，倘若她是眞不知情那就算了。

「對不起，我沒料到你在忙。」袁日霏認錯向來坦蕩，一聽鳳簫指責，二話不說立即道歉。

她不道歉還罷了，一道歉，鳳簫注視著她那亮澄澄、帶著些許內疚與自責的眸光，頓時又覺得自己兇過頭了。

雖是擔憂她安危才吼她，但畢竟也算不得什麼大事，他該做的事情都做完了，吼什麼吼?有話不能好好說嗎?

「時間已經很晚了，妳睡不著?」鳳簫清了清喉嚨，試圖讓自己聽起來沒那麼兇，不過這麼一改口，好像又太溫情……他妹的!怎麼跟她相處這麼難?

「嗯。」袁日霏也不避諱，點了點頭，反問鳳簫:「你呢?你在忙什麼?」

「找那個跟妳一樣不長眼的傢伙麻煩。」哼。鳳簫又因爲自己的「太溫情」賭起氣來，口吻再度變得不善。

找別人麻煩就找別人麻煩，還要順便再罵一回她不長眼，可見眞的很氣吧？說風是雨的，變臉比翻書還快，袁日霏越來越習慣鳳簫這性格，非但不生氣，反而還感到有點好笑。這不是小朋友才會出現的症頭嗎？王遠慮眞不愧是他父親，說的果然是對的。

「哪個傢伙？」袁日霏問，口吻中有一閃而逝的笑意。

「當然是搞出這一連串事情的傢伙。奇怪，妳不是高材生嗎？怎麼老問這種蠢問題？」鳳簫不以爲然地回，語末不忘電袁日霏一下。

「在你心裡有誰長眼？」這不能怪她，不順他眼的人全世界起碼有一半。

「好吧，妳對。」鳳簫想了想，伸手捏了捏她右耳，不禁道：「幸好剛才沒傷到妳。」

萬幸曾在她右耳上壓下那枚櫻瓣似的鳳家指印，否則剛剛那打在樹身的刀訣落在她身上，不教她魂飛魄散也難。

冰涼的耳垂傳來他指尖的溫度，袁日霏並不討厭，所以沒有閃避，只是偏頭忖了忖，總感覺哪裡有些怪異。

是從什麼時候開始的，他總是習慣出手碰她右耳？是她多心嗎？好像往往是在她有危難時？

當初在季光奇家被小鬼攻擊時是，在養父家時也是，她的右耳幾度成爲她全身上下最為溫暖的地方……

耳朵明明應該是人體溫度最低的部位，這一點也不科學，但凡任何事情碰上鳳六，彷彿都科學不起來。

「你時常看著我的右耳，我的右耳上有什麼嗎？」袁日霏下意識伸手撫摸耳朵，不經意觸碰到鳳籥還放在她耳朵上的手指，某種難言的浮躁與曖昧頓時升起，讓她立刻將手移開。

耳朵被他捏得有點癢，也有點燙，她不禁縮了縮脖子，彷彿連臉頰都燙燙的。

「我。」鳳籥唇角一勾，想也不想地回，姿態十分傲慢狂妄。

看著她疑似臉紅的樣子，他的內心有股說不出的舒坦。

迷途的羔羊，快棄暗投明，加緊腳步暗戀他吧！

「你？」袁日霏不明所以，卻覺得兩頰更烘騰了。

「是啊，我。」鳳籥聳了聳肩，神色間帶著幾分倨傲。「我留下的指印，當然是我。」若沒這枚指印，哪能好幾次讓她化險為夷？

「指印？為什麼？」雖然她也曾經覺得右耳上似乎有什麼，但如今眞的得知有什麼，感受仍然相當微妙。

——廢話，當然是保護妳。

鳳籥本想這麼回應，可話到嘴邊又感不妥，只得硬生生嚥回去。

開什麼玩笑？他絕不能在她開始暗戀他之前，先一步表現出暗戀她的樣子。

鳳簫不想表現得太在意，可偏就是這麼在意，臉上再度出現了那種「奇怪，妳不是高材生嗎？怎麼老問這種蠢問題？」的表情。

「妳手裡拿著什麼？」心思複雜地瞪了袁日霏好半晌，都沒瞪出她什麼感激涕零的大澈大悟與暗戀，於是鳳簫鼻子一哼，轉而盯向她手裡拿著的東西，轉移話題，省得把自己氣死。

「你說這個？」袁日霏將掌心攤開，露出當中的籤詩，實在佩服他的好眼力。她也不知為何，自從在房裡將這張上上籤拿出來看過之後，就鬼使神差地一直捏在手裡。

「妳還眞喜歡這張籤啊，留這麼久沒扔眞是不容易。」認出這張上上籤便是初次見到袁日霏時的那張，鳳簫很有興味地睞了她一眼，語帶調侃。「怎麼？嘴上嚷著不信怪力亂神，骨子裡卻相信這籤能幫妳消災解厄？還隨身攜帶、形影不離？」

「嗯……或許吧。」袁日霏與鳳簫早就生出共患難情感，而現在對鳳簫的信任度大增，甚至可說得上有幾分好感，再加上明白了他對她的喜歡，更覺沒什麼隱瞞他的必要，便坦白承認了內心的眞實感受。

「假若，這上上籤也能爲養父帶來平安就好了……」袁日霏停頓了會兒，抿了抿唇，不說了，彷彿也知袁正輔恐怕凶多吉少，但不願深想，更不願說破。

見她這麼坦率招認，擔憂養父安危的神情間依稀有幾分落寞，鳳簫心底悶悶的，對她隱隱約約有著的那份疼惜愛憐的心思猝不及防湧上，又對自己的言行感到愧疚了。

他忍不住電她，卻又要因爲電她而產生罪惡感，反反覆覆，這也不好，那也不對，簡直人格分裂，鳳簫覺得自己眞是挺病的。

「沒事的，就算沒有這張籤詩，妳也還有別的、更厲害的上上籤。」鳳簫薄唇微抿，伸手揉亂她頭髮。

「什麼？」

鳳簫伸手指向自己，眸光寂寂生輝。「我。」

「又你？」右耳是他，上上籤也是他，有完沒完？要不要這麼自戀啊？孔雀果然永遠都是孔雀。袁日霏想翻白眼的同時，居然還感受到有股火辣辣的、難以形容的羞赧。

孔雀太張揚，連帶她也跟著壞掉了嗎？

「幹麼？懷疑啊？妳的上上籤當然是我。」這還用說？鳳簫雙手盤胸，一臉不諒解的瞪著她。

「好，上上籤是你。」毫無懸念的，袁日霏清清淡淡地開口，四兩撥千斤，鳳簫再度被她華麗麗地句點了。

月黑風高殺人夜！現在出手掐死她應該可以吧？所謂的由愛生恨就是這麼回事！等等，由愛生恨這句話是這麼解釋的嗎？

而且，講得好像他眞捨得殺她一樣……拜託！他要眞捨得的話，管誰要拿她去煉什麼亂七八糟的破陣啊？鳳簫內心的獨白越來越莫名其妙，就連他自己也越來越無能爲力了。

「鳳簫。」袁日霏盯著他好半晌，忽而開口呼喚。

「幹麼？」明明上一秒還想殺她，這一秒就被她喚得既緊張又舒坦是怎樣？鳳簫心口一突。

「你能不能更具體地告訴我，從趙晴，從季光奇，從養父……除了我之外，對方還要什麼？你又在對付對方什麼？」袁日霏猶豫了片刻，終於還是問了。

自從白天時，鳳簫說對方想利用她煉陣，試圖令什麼東西起死回生之後，她越想越不明白，心中疑惑更深，總覺所有事情全攪和在一塊兒。

先別提那些未知的，光是曾經發生過的、與鳳簫一同經歷的那些，她都看不太懂，而這令她十分挫折。

「又具體？妳今天已經問第二遍了，妳是跳針嗎？還是要幫作者湊字數？」這話題不是早就已經結束了嗎？鳳簫挑高了一道眉睐她。

「什麼幫作者湊字數？別胡說八道了。」袁日霏瞪他。

「我的意思是，除了對方想用我煉陣之外，我還想知道，你剛剛在做什麼？你口中說的找對方麻煩又是指什麼？我想知道那些我不明白的一切，包含那天爲你守燭，你去了哪兒、經歷了什麼，全都很想知道。即使我什麼忙也幫不上、什麼也無法做，但至少我想明白。」沒道理鳳簫想保護她，甚至要她搬進鳳家來，爲她做了這麼多，而她坐享其成，無端端被人納進保護傘下，享受對方鋪天蓋地、無微不至的安排，卻連對方爲她做了什麼都不清楚。

今天晚餐時，鳳五才說了每個人一定都有自己能做的事，那她必須了解究竟發生了什麼，才能知道自己可以做些什麼吧？袁日霏是很單純這麼想的。

鳳簫看著她無比執拗的模樣，沉默了片刻，沒堅持太久，稍微整理了下思緒，便將近來種種，一五一十、原原本本地都說了。包括那天在袁正輔家，袁日霏昏倒之後的各種細節，他派了紫羽鳳鳥尋得對方巢穴，在那個濫葬墳崗遇到鳳二之後的種種，以及他方才夜半在庭園裡擺壇作陣，統統說了。

他本來不願談，一是懶得解釋，二是覺得她對這些事情也沒興趣，如今既然她想知道，他今晚又挺閒的，倒也沒什麼不能提。

「所以，對方利用亂葬墳崗當掩護，養了一大堆屍人，你找到他的所在地，卻無法順利攻克，過程中還遇到你祖先鳳二？」鳳簫解釋完一切，袁日霏以最快的速度化繁爲簡，做出結論。

「是。」

「顏欣欣、趙晴肚子裡的胎兒，還有季光奇家那些燒灼過的童屍、棺材釘上的圖紋，都是取魂煉屍所需的東西？」

「嗯，妳讓我看過棺材釘上那圖紋之後，我不是懷疑季光奇的紅紙符籙與鳳家有什麼淵源嗎？」

「是。」

「後來，我陸續翻找過幾代當家的書房，果然在一本很冷門的鳳二手記裡找到類似記載。一般而言，這種取魂煉屍的方法太過陰損，修道之人通常都是避而遠之、備而不用，唯恐折損道行。本來知道的人就已不多，再加上極少被使用，久而久之便失傳流佚，就連我也無法一眼認出。」

「嗯。」

「所以，經我確認之後，發現那是鳳二改良過的陣法。」

「改良？」

「嗯，鳳二那傢伙讓這咒式成功率大幅提高，效力也更強了……我想，這就是鳳二之所以說那是她造的孽的原因。雖然不知道當年鳳二究竟出於何種因素，才會研究煉陣返陽之術，並且將鑽研結果交予他人，但勢必與她脫不了干係。」

「什麼意思？」袁日霏仍然聽得有點模糊。

「就是，初見顏欣欣那煉妖符時，我本以爲上頭的符文畫錯了，因此顏欣欣才會成爲半妖。後來翻了鳳二的手記仔細琢磨，才發現那符籙的功用本就是爲了煉化半妖所製，使用的是鳳二那傢伙改良過的符咒……而如今那位，他用來煉屍取魂的符籙與鳳家出自同源，卻又和鳳二的手筆不太相同——」

「你的意思是……對方也在進行改良？就如同鳳二一樣？」袁日霏總算聽懂了。

「對，我只能推測他在實驗，想令這起死回生之陣達到最完美的狀態，好讓他想復活的東西可以無懈可擊。他不停地在嘗試，那些半妖、半魂、小鬼、屍人……都是他的研究產物。」

聽來很喪心病狂，卻也十分合理，既然是重視的東西，自然必須實驗再三、反覆確認，以確保成果達到最佳狀態，袁日霏心想。

「那麼，你接下來有什麼打算？」袁日霏問。

「當然是阻止他，不然呢？」鳳簫又拿那種「拜託，妳不是高材生嗎？」的眼神看袁日霏。

「我知道你要阻止他，可是該怎麼做？」袁日霏已經練就一身對他的鄙視視而不見的本事，逕自問重點。

「我懷疑對方藏了什麼東西在那個濫葬墳崗的地底，就在我那天沒順利進入的內陣中央，我剛剛已經下了戰符肅清他崗上屍人，希望他能趁早收手，回頭是岸。倘若他仍執意做這些傷天害理的事情，我就必須想辦法進入那內陣，一舉殲滅、連根拔除。」

「但你那天不是仰賴了鳳二的幫助，才能順利破除外陣？照這情況推斷，你還需要別的幫手。」

「事實上，不只外陣，目前就連那亂葬崗的確切位置，我都還沒真正掌握，僅能知道大概方位而已。」鳳簫輕描淡寫，實則內心有些懊惱。

「怎麼說？你不是已經去過了嗎？你說在那遇見了鳳二，是我解讀錯誤？」袁日霏偏首，十分納悶。

「不，妳沒有解讀錯誤。」鳳簫停頓了會兒，思考著該怎麼解釋比較恰當。「這麼說吧，我是利用分靈追著對方的術式蹤跡去的，去的是我的元神而已，剛剛的戰符也是相同道理。這是一種取巧的方法，就像先透過監視器看見對方家裡長什麼樣子，但其實並不知道地址，所以沒辦法實際到達對方家裡。」

「也就是說，利用術法、元神與戰符能夠走捷徑，直接闖入監視畫面，即便不知道那個地方究竟在哪裡？」袁日霏沒有思考太久便明白了。

「是。」她很聰明，這眞是太好了。鳳簫眼中流露出一絲滿意。

他發現他並不討厭與她說明這些細節，甚至稱得上喜歡。

她就在這裡，就在鳳家，就在他身旁，與他分享著這些別人聽不懂也無法了解的事情，並且能夠第一時間明白他在說些什麼，這令他感到胸臆鼓脹，有什麼情緒喧囂得彷彿就要爆炸了。

「而且，元神能夠使用的時間有限，妳幫我守過燭，自然明白。結論是，不管怎麼說，我都得先弄清楚對方的確切位置，得用眞正的身體實際走過一趟，才能眞正鏟除對方，懂？」

「懂。」袁日霏點頭，開始思索。「那麼，要找出確切位置的話，全臺灣的濫葬墳岡……」

「至少有百餘處。」鳳簫搖頭，知道袁日霏在想什麼。「更何況，對方修爲不低，勢必會用結界屏障，甚至會用上奇門遁甲，可以隱蔽藏匿的方法太多了。」

「既然如此，你不是更需要幫手了？」範圍這麼廣，對手這麼難纏，這不是顯而易見的道理嗎？

鳳簫噤聲，就當是默認了，這正是他目前認爲最傷腦筋、最需要思慮周延的部分。

「我能幫你什麼忙嗎？」見鳳簫神色凝重，袁日霏十分認眞地問。

「躲好。」鳳簫也答得十分認眞。

「沒有別的？」袁日霏顯然對這答案不太滿意。

「不要死掉。」鳳簫更認眞了。

「……」雖然這回答令袁日霏很有被輕視的感受，但是，綜觀先前經驗，在這些玄妙之事面前，她確實一無所知，且脆弱得不堪一擊。

她向來獨立慣了，對於這種僅能依賴鳳簫的狀況感到非常懊惱，非常無所適從，也相當擔憂。

「有別人能夠幫你嗎？例如你剛剛提到的鳳二？」袁日霏再接再厲，很想爲鳳簫尋得可靠幫手。若自己無法爲他分擔，至少希望有人能夠幫他。

「那老傢伙自那日後再沒出現，我曾嘗試以靈能探知感應，仍是一無所獲，就當她死透了吧。」鳳簫本來想說「就當鳳二死了吧」，後來想想不對，鳳二本來就死了，只得改口。

麼事？

真是的，既然要出來攪局就攪到底啊！一聲不響地出現，又一聲不響地消失算什

「那麼……于進？」袁日霏繼續思索合適人選。

「別鬧了，妳比我更清楚于進幫不上忙，目前都還不知道對方是人是鬼是妖，所有案件全都沒有留下能夠拘提逮捕對方的人證、物證，根本無法求助於需要證據的刑警局，無論是妳或是于進都愛莫能助。」鳳簫答得很快，可見早就思量過這點。袁日霏盯著他深鎖的眉頭，突然明白了。

「那鳳笙呢？你舅舅？」

鳳簫不語，他的表情已然說明一切。若是能不打擾鳳笙、獨立解決，他是千百萬個不願開口請求這位有點難纏且脾氣古怪的舅舅。

「鳳五？令堂？」袁日霏鍥而不捨，猶不死心。

「高材生，妳的提議越來越糟糕了，我要一個只會惹事生非的麻瓜做什麼？」鳳簫鄙視完袁日霏，接著道：「沒事，我會解決這一切的。」

「你要求我搬來住的那天，不是站都站不穩了嗎？」袁日霏毫不留情地答。

鳳簫橫她一眼，顯然不願她提起這件事，多沒面子啊。

「你有源源不絕的靈力能夠使用？」袁日霏只顧著就事論事，全然沒將某人的面子問題當一回事。

「當然沒有，不過，鳳家仰仗的是草木生發之力，與大自然相依相生。草木生生

不息，鳳家靈能自然有所憑藉，我和大自然是共生的，這也是這個院落草木生長特別蓬勃的原因。」

難怪這院落的珍奇花草那麼多，並非她孤陋寡聞，但……

「這麼說，當人類把樹木全都砍光的時候，鳳家人便會失去靈能？」袁日霏完全發揮了理科生追根究柢的本能。

「不用等到人類把樹木全砍光，鳳家有棵風水樹，連根拔起就夠了。」鳳簫說著說著，居然笑了。

「說得這麼輕鬆，你不擔心？」談論這種話題他居然笑得出來？袁日霏眞不敢相信。

「萬物去留皆有定數，無法強求，哪那麼多事情好擔心？鳳家人就是因爲不強求，才會從來沒想過要搞什麼起死回生這種亂七八糟的事。」至於鳳二爲何要鑽研？鳳簫已經單方面地解釋成鳳二是個吃飽太閒、沒事喜歡亂研究的傢伙了。

「眞能這麼豁達就好了。」袁日霏覺得這就是那種知易行難的事情。

「不得不的時候就會豁達了。」鳳簫聳肩，望著她略顯煩惱的模樣，提聲催促。

「好了，別胡思亂想了，想也想不出個所以然，快回房睡覺吧。明天不是還要上班？還是妳終於改變心意決定不去上班了？」

「其實……」提起上班，袁日霏頓了頓，明明想說些什麼，話到了嘴邊又嚥回。

「怎？」終於要告白了嗎？看著袁日霏欲言又止的扭捏模樣，鳳簫一顆心頓時提到嗓子眼，緊張得要命，自顧自腦補成他希望的發展方向。

剛剛是誰還在說鳳家人都不強求？

「我明天，不，正確地說，應該是今天，就可以拿到我與養父的親緣鑑定報告了。」年輕的鑑識員妹妹動作向來飛快，算了算時間，今天也該拿到報告了。

「這就是妳失眠的原因？」不帶這樣耍人的啊！說好的告白呢？

鳳簫失望透頂，望了一眼天上明月，又開始思考掐死袁日霏的可能性。

袁日霏沒有回話，沒有回應便是默認了。

「喏，這給妳。」鳳簫突然從口袋裡掏出個東西，扔到她手裡。

「什麼？」袁日霏措手不及地接過，一頭霧水。

「鳳家靈咒口訣。妳看不懂的東西，包準看了很好睡，助眠。」鳳簫扯唇。

「什麼啊？」這是什麼助眠方法？袁日霏失笑，隨手翻了翻小冊子，果然，裡頭全是一些她看不懂的咒文。明明皆是中文字，組合在一起卻沒一句能領會。

「怎麼會隨身攜帶這個？你還需要小抄嗎？」袁日霏越翻越納悶。

「誰需要小抄了？這是我在書房裡找到的，我媽把陳年舊手記亂塞在我的書櫃，我看了礙眼，正想晚點丟回她門口去。」

「以日洗身，以月煉眞，仙人輔我，逐水而清……」袁日霏認眞翻閱，隨意揀了當中幾句，問：「我吟誦這些咒文也能像你一樣呼風喚雨？」

「當然不行，妳又沒有靈力，假如隨隨便便的人念了都行，我哪有輕易交給別人的道理？」鳳簫回應得很鄙夷。

噢，原來她是「隨隨便便的人」啊？袁日霏內心五味雜陳，連反駁他都懶了，只是……

「那令堂……」鳳五不是麻瓜嗎？倘若咒文對不具靈能者無用，她抄寫這些做什麼？

「麻瓜歸麻瓜，據說麻瓜也曾經在千鈞一髮之際，死馬當活醫，用自己的血驅動過靈咒就是了。所以，鳳家血脈搭配咒文還是可行的。」鳳簫轉述曾聽過的陳年往事。

「那，如果我用刀片──」

「用刀片幹麼？妳隨身帶著刀？」仔細想想，他們初次見面時，她身上就有解剖刀，這是她的習慣？

「嗯，即使沒有解剖刀，也有替換用的刀片。」袁日霏點點頭，二話不說地從口袋中拿出放在真空包裝袋裡的解剖刀片。

「假如我劃你幾刀，用你的血搭配鳳家靈咒……」袁日霏繼續推想，舉一反三，反應得很快。

「劃妳妹啊！別恃寵而驕了妳！」鳳簫吐槽得也很快。但這樣一說，不就表明了他眞的很寵她？否則她怎能驕？

鳳簫非常想咬掉自己的舌頭，可袁日霏全然沒察覺他懊惱的心思，逕自爲他的反應笑了。

她啣在嘴邊的笑容淡淡的，頭上的月光也淡淡的，在有限的光線下，她的面容略顯模糊，可在鳳簫眼前卻突然清晰了起來，過往回憶一點一滴地，泛湧而上。

「別動，警察。」

他想起初見時，她拿著解剖刀抵在他頸動脈，一手亮出警徽，面色鐵青的嚴肅模樣。

「我需要你，走，跟我去一趟現場。」

還想起她夜半造訪鳳家，僅爲了結界內一具明明能夠裝作沒看見，卻出於責任感而無法拋下的屍體，便放下尊嚴，跑來拜託他這個不給她好臉色、趾高氣昂的傢伙。

「我不會連累你的，帶你擅闖現場的是我。」

更想起她在案件現場聽見聲響，當機立斷衝到他身前那份傻裡傻氣的堅決。

「那有沒有一種人，生來就注定會為別人帶來災難？」

「我不明白的事情很多，或許，我總是一直看著我自己想看的……」

「想……我不知道你叫什麼名字……」

一幕一幕，如同慢動作放映般，她的每字每句、每個細微的表情，深刻無比地在他腦海中回放。

鳳簫盯著她眼睫上翩翩舞動的小紅點，驀然間頭昏耳熱了起來。

他終於後知後覺地明白他為她壓下指印的原因，終於明白他認為她是他的東西的原因，也終於明白他為何會在看見她昏迷時大發雷霆，更終於明白他為何老要她承認暗戀他，千方百計要她搬到鳳家來。

她是月夜暗香，朦朦朧朧、模模糊糊之際，早已香氣縈繞，沁入心脾，難以磨滅，且深刻絕倫。

他喜歡她。就是她，只是她而已。

「走了走了，回去睡覺。明早送妳去上班。」見鬼……不！見過的鬼難道還不夠多嗎？他才不要承認他早就為她動心。

鳳簫胸腔一陣喧囂不安，一時間連直視袁日霏都感到口乾舌燥，連忙轉移話題。

「送我上班做什麼？」袁日霏笑容一斂，大驚失色。

不是吧？和鳳簫一同去刑警局上班的畫面該有多驚悚。

「別囉嗦了，人在屋簷下，我說什麼就是什麼。」鳳簫瞪她。這還需要問？他不就是……咳，因爲要替天行道，以防宵小拿她去煉陣嗎？絕不是因爲他心裡對她那啥，所以才要送她的。

「哪能這樣？」袁日霏抗議。

「我說能就能。」鳳簫駁回，一邊將她推往通向房間的廊道。「別再討價還價了，妳到底要拖到幾點？快拿著無用的麻瓜手記去助眠吧。」

「這怎麼會是我討價還價？」袁日霏被鳳簫不由分說地推著走，一邊進行著她不承認的討價還價，一邊消失在院落盡頭處。

另一頭，濫葬墳上怪石嵯峨，槎枒似劍。

奇門陣中央圓形柱臺躺臥一人，渾身布滿白色人形碎紙，周身畫滿血色咒文，眼睫緊閉，心臟停止跳動，肌膚卻仍具有光澤彈性；既未死，也不全然是生。

另一人立在柱臺旁，嘴中呢喃咒語，霎時黑霧驟起，圓形柱臺上那不死不生的物體通身白色紙片沙沙作響。

「入！」那人算準時辰，掐捏無數指訣，大喝一聲，白色人形碎紙上光點四逸，發出嘶嘯慘鳴，附著於紙片上的生魂被霸道抽離，在一股強勢黑氣的威壓之下，漸漸滲入臺上那物體內，爲它帶來蓬勃心跳。

「叮、叮鈴——」

奇門陣外忽被驚擾，傳來詭奇鈴音。

有人闖陣！

「誰？」那人提身縱躍，跳上杜臺，臨去前不忘牢實掩蔽杜臺上那他精心維護之物，多下了幾道結界防守。

一至高處，便見好幾股殺氣沖天而起，緊接著無數道戰符接踵而來，有如千軍萬馬橫掃，在地面上震盪出衝擊猛烈的光波。

「豈有此理！」那人口中喃喃，連掐咒訣，頃刻間召出墳中所藏屍人。

霎時屍人盡出，正待擺出抵禦陣形，又有五色旌旗挾帶驚天之勢衝來，咻咻咻咻咻沒地而入，制霸四方。

那人運氣抵禦，迅速布下天羅地網，可五旗所在迅捷連成精妙陣術，動作較他更快，不過眨眼瞬間，陣中符文成形，燦然生光，涵蓋之處無物不照，風捲殘雲，所經之處屍人們紛紛墜跌傾倒，灰飛煙滅，片刻間清空岡上亂墳。

「破！」那人連番快攻，勉強阻下五旗之陣，可元氣大損，硬生生嘔出一口鮮血。他單膝跪地，恨恨咬牙：「鳳家？又是鳳家……」

「呵、呵呵呵——」那人抹去唇邊紅漬，怒極反笑。

「這口血，連同你們鳳家欠我的，我會連本帶利、一點一滴討回來。」

第十九章

翌日。

毫無意外地，正準備出門上班的袁日霏站在鳳宅大門口，與鳳簫進行著另一回合的戰鬥。

「我說過了，我可以自己去上班，不必送我出門，更不用陪我到局裡。」她昨晚已經拒絕過很多遍了，怎麼這人就是講不聽？袁日霏顯得有些懊惱。

「少自以爲了，誰要送妳出門？」鳳簫一襲唐裝俊颯，姿容清雅，劍眉一挑，雙手一盤，神情寫意得就像袁日霏嘴裡埋怨的人不是他一樣。

「我只是站在大門口呼吸新鮮空氣。」鳳簫唇角微勾，撇清得更加乾淨。

先在自家大門口呼吸新鮮空氣，接著再到刑警局門口呼吸新鮮空氣，她能拿他怎樣？

「你房裡沒有新鮮空氣？」袁日霏橫他一眼，回應得很無奈。

「這妳就不懂了，風水講究藏風聚氣，鳳宅大門開在哪裡也是經過精密計算的，這裡前有綠蔭，後傍山溪——」

「鳳小寶，你很幼稚。」眼看著鳳簫就要滔滔不絕、強詞奪理起來，袁日霏趕忙句點他。

「妳叫誰？誰准妳這樣喊？」聽袁日霏口中冒出這他從小到大都擺脫不掉的破稱呼，鳳簫面色一沉，頭皮發麻，全身寒毛根根豎起。

「誰應聲我就叫誰。」袁日霏心中得意，很喜歡看他尷尬至極的困窘模樣，唇邊揚起一抹得逞的微笑。

「妳！」奇怪，她怎麼可以笑得這麼美麗又這麼惱人？鳳簫氣結。

而且，她這副無賴模樣怎麼似曾相識？是像他？還是像鳳五？昨夜才大澈大悟、情竇初開的鳳簫徹底感受到了戀愛的煩惱。

且不論她這副模樣來自於誰都很氣人，怎麼她搬來鳳家淨學這些有的沒有的？此風不可長，他一定得好好糾正她才行。

鳳簫嘴唇掀了掀，正待發難，袁日霏卻冷不防打斷他。

「你慢慢呼吸，我要出門了，別跟著我，再見。」眼看鳳簫似乎又要說什麼歪理，袁日霏決定趕快擺脫他，迅速推開鳳家大門，未料推門時卻感到一陣阻力，似乎撞到什麼東西。

「靠！痛痛痛——」于進摀著發紅的鼻子跳來跳去。

「于隊？怎麼是你？」看見被她開門撞到的東西——不，撞到的人——竟然是于進，袁日霏嚇了一大跳，但于進顯然比她嚇得更厲害。

「袁、袁法醫？我才想問妳怎麼在這裡咧？」于進揉了揉眼睛，上看下看、左看右看，確定眼前的人真是袁日霏無誤，再瞧向身後那古色古香的宅院，確認真是鳳家，於是伸出顫抖的食指指著袁日霏，連說話都結巴了。

農曆七月都還沒到呢，已經見鬼了嗎？

「別管她在這裡做什麼，你來幹麼？沒事快滾。」鳳簫走上前，一臉嫌惡瞪著于進。

大清早的，于進這個髒東西出現在這裡，是要來壞鳳家風水嗎？

「鳳六！」一看見鳳簫，于進一副見到救星的樣子，驀然激動地嚷嚷起來，完全忘了剛剛還在問袁日霏什麼。

「走，跟我去案件現場，那個現場有點蹊蹺，非得你來才行！我知道你們鳳家人行俠仗義、除魔衛道、路見不平、神通廣大，除了學過如來神掌之外，還能夜觀星象——」于進衝上前，唯恐鳳簫拒絕，不由分說抓住鳳簫手臂，不遺餘力地將鳳簫曾說過的各種胡說八道統統搬出來。

「得了！你叫我去我就去啊？你以為我是召喚獸嗎？」鳳簫拍開于進的手，對于進討好諂媚的模樣萬分鄙視。

「不然難道是召喚受嗎？嘖嘖！告訴你，我對你可一點興趣也沒有！」于進拜託歸拜託，該有的吐槽依然沒忘，一臉噁心地瞪著鳳簫。

「受你妹啊！誰又會對你有興趣了？」鳳簫立刻明白了于進口中的「受」是哪個「受」。瞧他那噁心的樣子，他還委屈了？鳳簫瞬間爆氣。

又來了！這兩個人居然在這種時刻還能不正經？突然冒出攻受是哪招啊？滿腦子

只關心案件現場的袁日霏頭很痛，更令她頭痛的是，她居然也瞬間理解了他倆說的是什麼胡話，果然是壞掉了。

「有案件爲何沒通知我？我今天値勤，現場在哪？我也一起去。」袁日霏插話，就事論事，並不只是單純想阻止兩個幼稚男人吵架而已。

聽見袁日霏的聲音，于進這才後知後覺意識到袁日霏人在鳳家眞是件糟糕至極的事情，額際一陣冷汗狂冒，搖頭搖得跟波浪鼓似的。

「不不不，袁法醫，妳不要來，千萬不要！」他連忙拒絕。

「爲什麼不？我今天値勤，本來就該去。」袁日霏莫名。

「這……」于進欲言又止，臉上的表情越來越難看，神色越來越爲難。

「難道今天的現場沒有屍體？」袁日霏忖了忖，試圖爲于進不合理的反應找理由。

「不是……」于進抓了抓頭，更加難以啟齒。

「到底怎麼了？」袁日霏擰著眉頭問。

于進左看看右看看，一句話呑了又嚥，嘴唇掀了又閉，猶豫不決了好半晌。

鳳簫瞥了于進一眼，再望向袁日霏，心中倏然升起不好的預感。

于進眞不愧是髒東西，帶來的消息恐怕不太妙。

算了算了！紙總歸是包不住火的，長痛不如短痛！于進深呼吸了一口長氣，決定豁出去——

「現場有屍體……好像是袁局。」

「怎會！」袁日霏心中一凜，面色僵凝，向來平穩的聲線難得透出驚慌，彷彿花了一世紀那麼長的時間才消化完這句話。

「已經明顯死亡了？遺體身分確認了？沒有搞錯？」袁日霏稍稍鎮定了下心神，問。

「明顯死亡了，至於遺體身分需要親屬指認，也需要法醫更詳細的判斷……總之，檢座和鑑識組都趕過去了。」眞不巧，袁日霏兩項身分都符合。于進光是用說的，都覺得有些殘忍，而一旁的鳳簫深鎖眉心，不動聲色地觀察著袁日霏的反應。

「法醫呢？你原本想找誰代替？已經聯絡好了？」袁日霏努力緩下過快的心跳。

「還沒，那個，我本來是——」于進支支吾吾的，法醫室缺人早已不是新鮮事，臨時要他去哪生出另一個非値班時間卻願意到案件現場的倒楣鬼？他本來的打算只是先來找鳳簫，接著見招拆招罷了。

「沒關係，無論你本來怎麼打算，我都可以去。」袁日霏打斷于進，回應得斬釘截鐵。就算內心驚懼惶惑，就算那具遺體眞是養父，無論養父是死是生、死因爲何，總要親眼見到才行。

「袁法醫，妳不要勉強。」于進面有難色。

假若死者眞是袁正輔，即使養父不是生父，總歸是親人，不管是自殺或他殺案件，死者是自己的親屬這件事，實在太那啥了。

「我不勉強，我去。」袁日霏面容嚴肅，態度十分堅定，緊握手中車鑰匙，馬上就要動身。

「袁法醫……」于進深知袁日霏的脾性，明白攔也攔不住她，和鳳簫兩人有些無奈地互望一眼。

「好吧，妳要怎麼逞強都隨便妳，但至少別自己開車。」鳳簫當機立斷，一把抽走袁日霏手中鑰匙，不由分說塞進于進手裡，完全沒考慮于進的意願。

靠！有求於人沒人權啊？

于進齜牙咧嘴地瞪了鳳簫一眼，張牙舞爪地做出咬人狀，默默收下手中鑰匙。

對啦對啦！心煩意亂的時候不要開車比較好，他怎會不知道？他當司機就是了！

「走。」于進領著鳳簫與袁日霏，三人一同前往有著疑似袁正輔遺體的案件現場。

✦

Case 04

他曾經以為一切都會沒問題的。

最初，只是一點點好奇心與貪心而已。

只是姑且一試，只是賭徒心態，只是做些以為無傷大雅的事情罷了。

只是支付對方酬勞，只是聽從對方的建議，只是擺些風水小物，只是進行一些他看不懂的咒術陣法，藉此換得在職場上的步步高升、衣食無憂……

一切看來都很公平，不是嗎？

未料到最後，對方要求的酬勞越來越多、越來越詭異，甚至連親生女兒都要求他拋棄。

「只是」從來不是「只是」而已。

他曾經掙扎拒絕過，可只要一不順從對方心意，緊接著而來的不幸那麼無可逃避，不是被降職，就是親人接連生病，迫得他不得不屈服。

屈服到如今，他失去了妻子，失去了女兒，也即將失去性命……

他真的沒想過會這樣的。

假如，從來沒有認識那位仙姑就好了。

只是，人生沒有假如。

于進、袁日霏、鳳簫三人抵達案件現場時，現場已經拉起黃色封鎖線。

明明該是風光明媚的河濱公園，綠意盎然的草皮上卻橫亙著怵目驚心的黃色布條，布條內有好幾位穿著制服與防護衣鞋的鑑識人員正在測量與拍照，而布條外則站了幾名圍觀群眾，三三兩兩散布，有越聚越多的趨勢，他們竊竊私語，正對著封鎖線內交頭接耳。

「袁法醫，黃檢已經到了，書面報告在他那裡，妳先過去和他會合。我帶鳳六去另一頭，等等過去找你們。」停好車，于進將車鑰匙遞還給袁日霏，向她交代。

雖然現場初步報告書是提交給黃立仁，但剛剛在車上時，于進已經口頭向袁日霏說明過現場狀況——

清晨慢跑的民眾發現河中疑似漂浮著屍體，嚇得趕緊報案，而員警接獲通報後趕到現場，確認漂浮物的確是一具男子屍體，並在河邊找到袁正輔的警察制服、公事包與證件。

因為無法判定該河濱公園是否為第一現場，為求縝密，還是先通報了鑑識組與檢座到場，希望能提取到任何有痕跡的物證。

另外，距離浮屍位置幾百公尺的地方，地上有著疑似血跡畫成的、看似符文的圖形，圖形中央以一根釘子釘著張紅紙，一旁放著碗清水。

非常似曾相識的畫面，就如同顏欣欣的住所一樣。

有過顏欣欣與季光奇案件經驗的于進一看見地上那圖形、清水、釘子與紅紙，立刻頭皮發麻，聯想到季光奇辦公室抽屜內竄出的那些黑蛇，於是和黃立仁報備過，便十萬火急地衝去找鳳簫。

之所以帶鳳簫來，當然是要他去瞧瞧地上那些奇怪邪門的東西，而袁日霏是法醫，必須優先趕往遺體所在之處，他們得分頭進行。

「好。你們忙你們的，我拿相驗包，馬上過去。」袁日霏接過車鑰匙，朝于進與鳳簫頷首。

「警察！讓一讓！」于進一手舉高服務證與警徽，一手排開封鎖線後漸漸增多的人群，為鳳簫開路，兩人消失在袁日霏的視野裡。

袁日霏打開後座車門，將相驗包拿出來，隨手抹了把臉，深呼吸，調整心情。未必會那麼糟的。

人體密度大約與水相等，將屍體投入水中的話，屍體最初會沉入水底，之後隨著屍身漸漸腐敗，體內充斥越來越多的腐敗氣體，改變了密度，屍體才會浮出水面。

所以，浮屍多半呈現口唇外翻、腫脹不堪、面目全非的模樣，稱之為巨人觀。

既然屍體容貌難以辨識，就代表還有一線希望，即便岸邊有養父的物品，是不是養父也還說不得準。

那句話是怎麼說的？存最好的希望，做最壞的打算？

袁日霏整理好心情，將防護衣帽穿戴完全，正要關妥車門，便聽見一陣小跑步的聲音，來人急匆匆停在轎車旁喚。

「袁法醫！」青春洋溢的聲音聽來十分耳熟。

袁日霏抬眸一看，是向來與她配合的年輕鑑識員妹妹。

「姚眞？妳怎麼來了？不是都在內勤的嗎？」袁日霏一愣，十分意外姚眞會出現在這裡。

鑑識組的工作通常分為內外兩組，姚眞主要負責的是局裡的檢驗、研究與文書部分，並非現場勘驗，除非人力不足，否則幾乎沒有親自到案件現場來的必要。

「我一直很想來現場看看嘛！就拜託一個前輩跟我換了。」姚眞望著袁日霏，答得輕巧，很可愛地笑了起來，依然是那副年輕朝氣且活力十足的模樣。

「是這樣嗎？」袁日霏挑眉，淡睞著她，總覺得事情不像姚眞說的這麼單純。

見袁日霏一臉懷疑，姚眞皺了皺鼻子，嘆了口氣，偷偷將袁日霏拉到一旁，在她懷裡塞了個牛皮紙袋。

「袁法醫，妳不是趕著要看這份報告嗎？我想早點讓妳拿到嘛，也怕在局裡有人問起，害妳不自在。喏，快拿去，噓。」姚眞附在袁日霏耳旁，低聲招認，偷偷摸摸的，語畢還淘氣地眨了眨眼睛。

「謝謝妳。」袁日霏接過姚眞遞來的親緣鑑定報告，內心五味雜陳。

她本來就對這份報告抱持著既期待又害怕的態度，心情十分複雜，如今終於能夠得知報告結果，卻是在發現養父遺體的情況下……即便她還抱著那遺體未必是養父的一絲盼望，仍感到十分荒謬，也十分諷刺。

不過，對於姚眞的體貼，袁日霏還是非常受用的。

姚眞動作快、口風緊，任勞任怨且笑臉迎人，非常討喜，與她的多年好友簡霓有些相似，可說是袁日霏在刑警局內除了于進與養父之外，最熟悉且最喜愛的工作同仁了。

更何況，姚眞居然還爲了她私底下請託的急件，特地跑一趟現場，如此貼心的舉措令袁日霏不禁有點感動。

感動之餘，袁日霏又想，會不會、也許，姚眞就是因爲看到了她與養父的親緣鑑定結果，又得知河濱遺體疑似是養父之後，擔憂她心靈脆弱，難以承受，所以才拜託前輩換班？

這麼推測的話，親緣鑑定報告的結果恐怕八九不離十，她與養父極有可能是親生父女，否則姚眞爲何要擔心她？又爲何要親自跑到現場來？

「姚眞！這裡很忙沒看見嗎？妳在瞎混什麼？快過來！」不遠處突地傳來鑑識組前輩的咆哮。

「袁法醫，我先去忙了噢！再不走就要被慘電啦。」姚眞吐了吐舌頭，迅速跑掉了。

袁日霏望著姚眞跑遠的背影，再低頭望了手中牛皮紙袋一眼，心臟與眼皮同時跳個不停，有些心煩意亂。她本想先將鑑定結果拿出來看，忖了忖，唯恐影響到心情，於是打開車門，將報告扔進副駕駛座，才提著相驗包走入封鎖線內。

「日霏。」一看見袁日霏拉起封鎖線，彎身走入，黃立仁隨即來到她身旁，領著她一道前行。

「檢座……啊！抱歉。」無論再如何壓抑，到底還是難免緊張，袁日霏腳踏在河畔草地上，一個閃神，稍微踉蹌了下，雖然很快就站穩身體，口袋內那把隨身攜帶用來防身的解剖刀卻不愼掉落在地。

「日霏，沒事吧？」黃立仁早袁日霏一步撿起解剖刀，關切地問。

「沒事，謝謝檢座。」袁日霏始終與黃立仁維持著客套有禮的問答，伸手欲接黃立仁遞來的解剖刀，卻在看見對方遞來刀具的手時一愣，沉默了幾秒，納悶地問：「檢座，你會用解剖刀？」

「我當然不會。日霏，怎麼這麼問？」黃立仁也被問得很納悶。

「因爲你……不，沒什麼。」袁日霏猶豫了會兒，想了想，話到了唇邊又嚥回去，覺得是自己多心，不值一提。

她只是感到有點奇怪而已。

通常，醫師因爲慣於進行手術的關係，持刀或持剪的手勢會和一般人不太相同，而黃立仁遞交解剖刀給她的方式非常俐落專業，就像個……外科醫師？

這怎麼可能呢？

袁日霏隱隱約約察覺到不對勁，又覺得似乎是她想太多，不提也罷。

「抱歉，難爲妳了，我原本打算讓于進找其他法醫師來。」見袁日霏若有所思，黃立仁直覺是讓袁日霏來負責這案件太勉強，說得內疚。

「檢座，謝謝你，我沒問題的。」袁日霏搖頭，表示不在意。

「眞的可以？已經出現巨人觀了，遺體狀況不太好。」黃立仁小心翼翼觀察著她的反應，含蓄提醒。

「可以。走吧。」袁日霏深呼吸了一口氣，偕同黃立仁邁步向前。

無論前頭等著她的是什麼，她都相信她可以，也必須可以。

與此同時，鳳簫與于進到達了地上有著奇怪圖形的那個區域。

「就是那裡了。」于進伸手往前指，爲了謹愼起見，雖然這裡沒有遺體，也被劃作了不可進入範圍，拉起封鎖線。

鳳簫回眸望向已走入另一處封鎖區域的袁日霏背影，直至看不見爲止，想趕緊解決這樁事件、保護她安危的念頭更加篤定，視線拉回至眼前，眸光淩厲。

雖然方才在車上時，聽于進所言，他並不認爲布在此地的陣法會是什麼高深刁鑽的道術，但對方陰損多詐，勢必得多加防範。

鳳簫不敢掉以輕心，進入封鎖線前，一手張布結界，一手匯聚靈能，左手桃木劍已然成形，穩妥握在手裡。

「等等無論發生什麼事，都不要大驚小怪，我已經在這裡布下結界，其他人看不見。」鳳簫提聲向于進交代。

「好……欸，不對，你的意思是，等等進去說不準就要戰鬥了？像上次去季光奇那裡一樣，會有一堆黑蛇或小鬼憑空竄出來？」于進應聲到一半，想了想，腳步一停，恍然大悟地問，語氣有些不放心。

「我不知道，只是假設，誰曉得呢？」鳳簫聳肩，依然回答得雲淡風輕，還一臉狐疑地瞪著于進，十分訝異他會問出這種蠢問題，毫不留情地吐槽。

「再說，你不就是因爲事先預期過會有這類狀況發生，所以才來找我的嗎？你現在是在驚訝什麼？」

「也是齁。」于進抓了抓那頭俐落的三分短髮，乾笑了會兒，又問：「你難道不用做些什麼保護我嗎？比方幫我弄個金鐘罩鐵布衫之類的？」

金鐘罩？鐵布衫？鳳簫的白眼簡直要翻到太平洋。

有幫于進掐個護訣已是仁至義盡，而這件事他剛剛早就做了。

「好好一個大男人，說什麼保護不保護，居然連金鐘罩鐵布衫都來了，你丟不丟人啊？」這人還能怎麼秀下限呀？鳳簫眞是各種嫌棄。

「不是啊，假如要對付的東西是人類，要麼幹架，要麼開槍，我自然不怕。可你說說看，那些蛇啊、小鬼啊，難道是我光靠拳頭或子彈就能解決的？我是擔心我礙手礙腳，幫不上你的忙，反倒還拖累你，懂不懂啊？兄弟！」于進解釋得很理直氣壯。

「放心，你沒那麼好死。」鳳簫橫他一眼，完全不領情。

「你又知道了？」

「當然知道。」鳳簫想也不想地說。

「你方頭大耳、天庭飽滿、耳垂豐厚，八字重且命硬無比，看就知道福緣深厚、沙場有功，這輩子注定要加官晉爵、功勳蓋身，還沒封官前絕對大有可爲，鬼神見了你都要退避三舍，哪能這麼輕易讓你死？」

「封官？誰稀罕封官啊？比起偵辦大案件、抓犯人立大功，我只希望天下太平，永遠沒人犯罪而已。」于進嗤之以鼻。

鳳簫淡睞于進一眼，雖然沒有回話，不過他認爲，于進就是因爲抱持這種不問功動、唯願太平的心思，所以才能渾身正氣、得天厚愛，不禁默默對他生出敬佩之意。

「欸，看在我們多年兄弟交情的分上，不如你幫我算一下何時能加薪？」于進話鋒一轉，又開始不正經了。

「誰跟你在多年兄弟？」鳳簫方才對于進的那一絲絲敬意統統沒了。

「到底要不要進去？」鳳簫握緊手中桃木劍，不耐煩地催促，其實更想先將于進劈成兩半。

「算了算了，全世界最沒良心就你。走了。」于進一邊咕噥，一邊拉起封鎖線，走在鳳簫前頭。

「就那個圖案，看起來像用血畫的符，已經請鑑識組提取鑑定，看是動物血或人血。中間的釘子和紅紙看起來都很眼熟，還有這碗水……等你處理完之後，全部都會帶回局裡，或許會有指紋或其他痕跡。」于進伸手指向地上那些亂七八糟的邪門玩意兒。

這類東西跟莫名被丟在地上的紅包袋一樣，光是躺在那裡就令人毛骨悚然。

鳳簫頷首示意聽見，隨著于進上前，全身肌肉繃緊，手中桃木劍蓄勢待發，嚴陣以待。

藍紫色的銳利目光掃過地上那血、那紙、那水……雙眸危險地瞇起，嘴唇不自覺地緊抿，額際浮汗。

……怎會？

鳳簫心中猝然升起不好的預感，眼睫掀了又閉，將全身感知放大到極致，靜心感受空氣中每一絲波動、每一股氣流、每一道微乎其微的聲響。

……不是？沒有？

眞的沒有！一絲一毫都沒有！

鳳簫咬牙，長眸怒張，胸口氣憤難平，幾乎捏碎手中那柄桃木劍。

假的！眼前這些全是騙局！

以假亂眞的符籙、一丁點妖氣也沒有的紅紙、毫無匯聚任何靈能的清水……全都僅是做做樣子而已，故意用來欺騙于進這種曾因這類物品吃過虧的外行人，使他們心生畏懼。

爲什麼？爲何要如此大費周章、故弄玄虛？鳳簫冷靜思索脈絡。

爲了令于進喚他前來？

若是如此，喚他前來又爲了做什麼？勢必有某種目的……

聲東擊西？又或者是調虎離山？

……調虎離山？

袁日霏！

不好！

鳳簫拋下于進，二話不說地旋足，不顧一切地往袁日霏的方向狂奔。

「鳳六？做什麼啊你？怎麼回事？鳳……喂！」于進不明所以，完全搞不清楚狀況，只得傻傻跟在鳳簫身後跑。

鳳簫健步如飛，風風火火地往另一端封鎖線衝去。

另一端，河中浮屍已打撈上岸，爲了保護遺體隱私與隔離民眾，遺體周圍搭起了棚架，並且以遮簾阻擋。

袁日霏拉起遮簾，進入現場，首先映入眼簾的是一具腫脹赤裸的遺體，不遠處則整齊疊放著她十分眼熟的衣物與公事包。

「這是袁局的物品，同仁們已經拍照且確認過，附近並沒有遺書，妳要親自看看嗎？」黃立仁告知袁日霏目前狀況。

「不用，我先大致檢查一下屍表。那些衣物用品上有提取到指紋嗎？」袁日霏頷首，邁步走到遺體旁。

「沒有，完全沒有。就連袁局的指紋也沒有，很奇怪。」黃立仁搖頭，覺得衣服上連袁正輔自己的指紋也沒有這件事十分不尋常，除非有人刻意抹去。

「是很奇怪，全身赤裸的情況也很奇怪。」袁日霏顰眉注視著赤裸的遺體。

有些個案外衣可能會被急流沖掉，但全身赤裸比較少見，更何況遺體的制服是被整齊堆放在河岸邊，一般人投河輕生會脫去衣物嗎？

若是遭到性侵殺害被拋屍尚有可能，不過似乎也沒必要大費周章地將衣物疊放在岸邊，更遑論放在一個如此顯眼的位置。

「一般而言，投入河中的屍體需要多久時間才會上浮？」黃立仁問。

「必須考慮的變因很多，保守而言是兩天。」袁日霏想了想。

「那麼，假若死者生前是在這裡落水，過了兩天才上浮，那這些衣物擺放在岸邊已經足足兩天，有可能還疊放得如此整齊，也沒被管理員或清潔隊收走嗎？」

「很難。」袁日霏搖頭，丟出另一個假設。「更何況，死者未必是在這裡落水，遺體也有可能是從上游漂下來的。」

黃立仁沉吟了會兒。

「若是從上游漂下，衣物疊放在這裡就更奇怪了，怎麼知道遺體會在漂到這裡時被發現？這簡直像是有人希望遺體在特定時間、特定地點被發現一樣。」

袁日霏心中一凜。希望在特定時間、地點被發現這感覺很熟悉，就像她與鳳簫闖進趙晴曾被布下結界的房間，發現趙晴被剖屍取胎時一樣。

「袁局是何時失蹤的？」黃立仁又問。

「一週前。」袁日霏不假思索地答，望著黃立仁，又補充道：「檢座，姑且不論養父是否有自殺傾向，他失蹤的那日和我約了飯局，我並不認爲他會選在那個時間點消失。」

「嗯……」黃立仁沉吟思忖。「總之，我先請同仁去確認一下附近監視器的位置與監視畫面，假使有任何有用的畫面就好了，無論是投河拋屍，還是置放衣物的畫面，只要有任何一樣都好。另外，我想我們得注意一下第一發現人，我去看看他的筆錄。」

但是，倘若這是他殺案件，一個行事謹慎、甚至不在衣物上留下指紋的兇手，似乎也不太可能會粗心到被監視器拍下。黃立仁說是這麼說，總覺希望有點渺茫。

無論如何，每一個環節都不可錯漏，雖然內心不抱持太大希望，黃立仁仍走到一旁交代。

「好，檢座你忙。」袁日霏應聲。

黃立仁暫時離開，袁日霏逕自忙碌，蹲下身確認屍表，發現遺體手指呈指皮套脫落狀，於是小心地切割取下，以水沖淨，將之浸泡於酒精裡，喚了姚眞過來。

姚眞動作俐落，與袁日霏也有一定的默契，一看見袁日霏手中物品，馬上意會到袁日霏是要她做指紋比對，立刻走到一旁打開電腦，叫出資料庫，著手進行。

袁日霏深呼吸了一口氣，握住微微發顫的手，繼續動作，首先關注的便是遺體頭部。

太陽穴上沒有槍傷，與她曾經看見過的養父舉槍自戕的畫面並不相符，這令她有些高興，又有些難過，心緒複雜，難以名狀。

高興的是這具遺體也許不是養父，難過的也是這具遺體也許不是養父；遺體是養父的話當然不好，但不是養父的話，又再度失去養父的消息了，也不好。

而若這遺體是養父，那麼遺體上沒有槍傷，就代表在養父家見到的那些畫面全是幻覺，她並沒有在襁褓時期便被養父母拋下。

這點固然令她高興，但難過的也是若那些全是幻覺，她便並不是養父母的親生女兒。

她希望她是養父母的親生女兒，又不希望她曾在襁褓時期就被他們拋棄；希望養父並不是自我了斷，又不希望養父是為人所害。

彎彎繞繞、糾結難解，無論是哪一種可能都令她心生惆悵，最好的感受便是阻絕所有感受，將所有情緒抽離，一心專注在眼前的工作。

「水位資料來了嗎？」袁日霏詢問一旁的偵查佐。

「還沒。」

「幫我催一下，最近一週的河水流速、障礙物、岩石、消波塊或樹枝等資料都要。」這些種種都是需要考量的因素，用以判斷與遺體外傷是否相符，也可推測遺體漂流的行經路線。她得趕快掌握死因、死亡時間與落水地點。

「好。」偵查佐應聲跑開，袁日霏繼續動作。

屍體充氣腫大，難以辨別有無創傷，而創傷在離水初時不易顯露特徵，最好在移出水面十二小時後到十四小時之內再行複驗，也需要解剖確認死因。最簡易的方法是解剖肺部，倘若肺部裡沒有泥沙，便證明死者在落水前已無呼吸，另外，胃內容物與其他內臟狀態也得一併確認。

「我要安排十二小時後的解剖。」袁日霏向解剖中心確認好時間與解剖臺的同時，姚眞恰好跑過來了。

「袁法醫，比對到了。」姚眞將筆電畫面上的鑑定結果湊到袁日霏眼前，超過十六個特徵點符合，與袁正輔的指紋高度吻合。

「好，我知道了，謝謝。」眼眶裡的霧氣驀然間衝湧上來，袁日霏面無表情地將之按捺回去。

沒事的，工作。

袁日霏屏棄了所有情緒，維持著高度的機械化與專注，小心翼翼取下一些遺體上附著的水藻，與指甲中的附著物，並採取河水水樣，一一放入標本瓶內，貼上標示。

「有人可以過來幫我一下嗎？」袁日霏一邊動作，一邊低喊，遲遲沒等到人來，抬眸才發現，幾位鑑識組組員與偵查佐們全都在離她有段距離的地方，看起來好像有點忙，又不是很忙。

袁日霏一愣，旋即意會過來，苦笑。

這也是難免，浮屍狀態不佳，面貌難看且惡臭難掩，有經驗的人早就能閃多遠閃多遠，只有初次到現場來的姚眞傻傻的，還在她周圍繞個不停，看似對任何事物都抱持著新鮮感與熱情。

「姚眞，過來幫我……妳可以嗎？」袁日霏朝姚眞喊。

「當然。」姚眞小碎步跑過來，依舊笑嘻嘻的。

「那好，我要把遺體翻到背面，確認一下背面的狀態。我搬這邊，妳搬那頭，數一二三，我們一起動作。」

「好。一、二、三——呼！」

遺體在姚眞的幫忙下被翻過身，背部才一抬起，便看見遺體壓著的那片草地上有張白色人形碎紙，上頭寫著「我活該」。

我活該？袁日霏與姚眞驚愕地互望一眼。

這是養父的字跡嗎？

太過訝異的袁日霏關心則亂，一時之間竟認不出來，方才壓抑下的紛亂情緒彷彿又要失守，心臟怦怦跳個不停，幾乎連手心都要冒汗。

白色碎紙下方的草皮看來有些虛浮，不太自然……草皮下似乎有東西？

袁日霏伸手去碰，手指才剛觸及草皮——

「袁日霏，什麼也別碰！」鳳簫的聲音像枝利箭，由遠而近地穿透空氣而來。

鳳簫？怎麼回事？

袁日霏揚起視線，眼神與鳳簫在半空中遠遠相接，碰觸到草皮的手指尚來不及停止動作，薄薄的草皮居然一掀即起，下方有個凹槽，當中露出一段亮晃晃的引線。

引線？

炸彈？

袁日霏不可思議地瞪著面前的爆炸裝置，秀眉緊蹙，液晶面板上的數字已經在倒數——

五、四、三……

「趴下！」袁日霏一把推開姚眞，姚眞措手不及地被她推個老遠，跌坐在地。

來不及了！袁日霏趴在袁正輔的遺體上，務求將傷害減到最低。

「袁日霏！」鳳簫的聲音縱然再近也是徒勞無功。

「轟——」

屍體下的炸彈爆炸，火光直沖而上，掀飛了棚架與遮廉，漫天塵煙。

第二十章

答、答、滴答……雨聲？

意識朦朧之間，袁日霏好像又回到那些陰雨連綿的日子裡。

有好長一段時光，她總是坐在育幼院的窗戶旁，看著一串串水珠從雨棚流下來，跟著滴滴答答的聲響，默默在心裡數著節拍。

答、答、滴答——

「院長，我明白妳的意思，那個叫日霏的女孩是眞的不錯，但是……妳也知道，她出生時身上帶著的那張紅紙實在令人心底發毛……有些事情就是寧可信其有，不可信其無。即使再鐵齒，心裡總會因此有個疙瘩，生活稍有不順，就疑神疑鬼，懷疑全是因爲收養那孩子害的，與其如此，倒不如一開始就不要收養，大家心裡都比較舒坦，不是嗎？」

她駝著小小的身體，偷偷將院長室的門推開一道小小的縫，從那道小小的縫隙裡，看見也聽見她黯淡的未來。

類似的對白，她已經數不清是第幾次聽見了，袁日霏悄悄將門縫掩實。

「妳看，就算妳多會念書，就算妳有多乖多懂事都沒有用。」育幼院裡某個孩子被養父母接走時，特地回頭，向她得意洋洋地宣告。

答、答、滴答——

「院長，我名字裡的『霏』，是下雨的『霏』嗎？」有一天，她仰頭問育幼院長。

「日霏……」院長當時並沒有回答，可她一直記得院長臉上的神色。

那是一種很複雜的表情，就像窗外的天空一樣，有點懊惱、有點同情、有點感到麻煩，無法明確歸類，只是陰鬱且沉重。

日霏，雨日，她想，她大概就是雨天出生的吧？

從她的名字就能窺知一切，而她總是別人避之唯恐不及的包袱與困擾。

又下雨了，她看著沿窗滴落的雨，默默在心裡數著節拍。

答、答、滴答——

「袁法醫醒了沒？」規律清透的節奏裡，驀然混入一道男聲，聽不清是誰的聲音。

醒？她在睡嗎？袁日霏掀了掀眼睫，眼皮很重，好不容易張開了又閉上的眼縫，依稀有光透入……

「還沒，她能活著已經是奇蹟了，醫生說爆炸威力要是再大一點，她的肺就會破裂……說也奇怪，姚眞明明距離比較遠，受的傷卻比袁法醫更重，袁法醫眞的是……該說她很有勇氣還是太笨？居然就那樣趴在遺體上，用身體去擋炸彈。總之，能活著就好，謝天謝地。」

爆炸？什麼爆炸？她試圖動了動手指，睜不開眼，眉心蹙緊。

答、答、滴答——聽起來不像雨聲，倒像是讀秒計時的聲音。

五、四、三……

「袁日霏，什麼也別碰！」

「趴下！」

想起來了！

那時，她想也不想地用遺體擋住炸彈，再將自己的身軀覆於其上，沒有考慮到那是養父的身體，沒有考慮到自己的下場，只求將現場傷亡降到最低。

「袁日霏！」右耳驀然一陣劇痛，彷彿在呼應著誰高張而起的靈能，一柄桃木劍凌空打來，將她自養父遺體上衝開，力道大得令她騰空而起。

不過零點零幾秒的瞬間，桃木劍移形幻化，在她周旁張成一道堅實的藍紫色大盾。

「轟——」

炸彈在她眼前引爆，養父的遺體被炸成無數屍塊，遮棚附近的同仁們受爆炸波及，紛紛倒臥在地。

尖叫、噪音、粉塵以及不知從何而起的黑霧。

她的身體高速墜跌，無可避免地就要落地，藍紫色靈盾爲她減緩了大半衝擊，但接觸地面時的疼痛仍然迅速地蔓延至四肢百骸。

「砰——」

肺裡的空氣彷彿瞬間都被擠壓了出去，袁日霏倒抽一口氣，感受到一股撕心裂肺的疼痛。

答、答、滴答——

懸吊著的點滴規律而溫緩地輸送著液體。

答、答、滴答——

袁日霏重重喘了幾口氣，終於奮力睜開眼，從一連串規律的節奏裡，看清也認清了眼前的時空。

點滴、醫院、爆炸，窗外的雨與病床上的她。

她的呼息染白了覆在臉上的氧氣罩，發出的微弱聲響驚動了一直守在她床畔的友人。

「日霏，妳醒了？」簡霓湊到袁日霏面前，喜出望外地看著袁日霏睜開的眼，緊緊握住她的手。「太好了！我去通知護理師，妳等我一會兒。」

簡霓起身，正要離開，手掌卻被袁日霏輕輕捉住。

她一愣，迎向袁日霏的目光，回握袁日霏的手。

「我知道妳要問我什麼，妳來醫院五天了，是一位叫做于進的警官通知我來的。醫生說妳的所有器官都很正常，沒有受到太多影響，手啊腳啊也都還在，臉依然很美，復原情況相當好，不用擔心。然後，我猜妳主要應該不是想問這個，妳別擔心我，我的工作本來就是SOHO性質，不影響。至於其他的，等我請護理師來確認過妳的狀態再說好嗎？」

是于進通知簡霓來的？所以于進應該無恙，太好了……

那麼鳳六呢？姚眞呢？其他同仁呢？養父的遺體呢？有辦法復原嗎？有人接手嗎？案件進度到哪兒了？結案了嗎？

袁日霏眨了眨眼，明明還想問些什麼，可戴著氧氣罩無法開口，僅能微微頷首。

簡霓摸了摸她的臉，就知道袁日霏老是擔心別人比擔心自己多，所以趕緊對她說明完狀況，然後笑了笑，轉身出了病房。

待簡霓請了醫師與護理師來為袁日霏做完例行檢查，確認她狀態良好，能自主呼吸無虞，便摘掉了氧氣罩，好讓她能補充一點流質食物與開口說話。

「日霏，妳有沒有想吃什麼或是特別想做什麼？洗澡洗頭之類的？」袁日霏一能坐起，簡霓便湊到她身旁問。

袁日霏有點虛弱，總覺尚未眞正回過神來，忖了忖，搖首。

她還沒有那麼多力氣，從未生過什麼大病的簡霓顯然不了解，兀自說了下去。

「妳想做什麼儘管說，別客氣，我們都是女孩子很方便，我有幫妳從家裡拿換洗衣物過來噢，妳慣用的牙刷洗髮精沐浴乳都有，不用擔心。啊，對了！還有，妳的車鑰匙在我這裡。」

袁日霏揚起眼睫睞向簡霓，神情充滿不解，身為袁日霏多年好友的簡霓當然明白她想問什麼。

「于警官說，因爲不知道妳何時會醒，復原情況如何，醒了之後又會不會需要用車，所以把妳的車開來醫院停了。院方很好，特地挪了個員工車位給我們使用，車鑰匙就暫時由我幫妳保管吧。」簡霓拿出口袋中的車鑰匙揚了揚，又收回去。

「于進……他好嗎？有受傷嗎？」喉嚨與嘴唇皆十分乾澀，袁日霏第一句話說得有些勉強。想問的事情太多，只得一樣一樣來，從簡霓知道的部分先問起。

「他很好，只有一點皮肉傷，警方替當天在現場的員警們都安排了詳細檢查，他說自己皮粗肉厚，一點問題也沒有。」簡霓轉述于進的話，說得有些想笑。

「那鳳……妳有見過一個……」一個什麼？袁日霏問到一半，默默收了聲。

簡霓不認識鳳六，她要從何問起？

她又想，鳳六若平安無事，應該會來探望她吧？那麼簡霓想必見過鳳六，明白鳳六是誰。

可是，這樣揣測的心思是不是顯得她有點一廂情願，自己往臉上貼金呢？

假若鳳六受了傷在休養，又或者根本沒打算也不曾來探望她呢？

她爲什麼如此高估鳳六對她的喜愛？是因爲鳳六總是對她毫不保留地顯露出在意，還是因爲她也同樣關心喜愛他，所以才期望他對她有著相同的心思？

袁日霏對於自己竟然有這些曲折迂迴的想法略感困窘，嘴唇掀了掀，最後還是決定不說了。

「見過一個什麼……咦？怎麼了？等等，我去看看。」簡霓察覺到袁日霏的欲言又止，正要問，隔壁病房卻驀然傳來一陣騷動，好幾名醫護人員慌慌張張地從袁日霏這間病房門口跑過。

簡霓放下出口的問句，回首望了望，起身，走到門邊張望，又走回來。

「是隔壁病房。裡頭的女生似乎有什麼狀況，躺在病床上被推出去了，是妳的同事，好像姓姚，年紀很輕。」簡霓言談間有一絲嘆息。

「姚眞？」袁日霏揚起眉，心跳陡然快了起來。

「對對，就是這個名字，于警官每次過來看妳時，也會過去看她。據說她沒妳這麼幸運，狀況比較不好，這幾天反反覆覆進出病房好多次了。」

姚眞……姚眞是被她連累的。袁日霏心一揪，神情哀傷。

「日霏，放心，妳同事吉人天相，一定沒事的，妳先養好身體最重要。妳這回可眞是嚇壞我了，我擔心得不得了，幸好妳終於醒了。」簡霓唯恐袁日霏胡思亂想，趕忙將她哀愁的心思喚回來。

「對不起……」袁日霏成功被簡霓語氣中的擔憂轉移注意力，下意識道歉的同時，也驀然意識到，她眼下只有簡霓了。

養父養母都走了，難怪于進只能通知簡霓來。她現在是眞正的沒有親人了，也或許，她從來都沒眞正擁有過親人？

她的身體很重，腦袋很沉，心底悶悶的，十分不好受。

「對不起啥啊？」簡霓輕敲袁日霏的腦袋。

「妳沒事就好，謝天謝地，幸好妳醒了，我就知道妳一定會沒事的。仔細想想，之前幫妳求的那張上上籤可眞靈，那時妳還不當一回事呢，妳看，這可不是保妳平安了嗎？」簡霓說著說著，樂天地笑了起來。

聽著簡霓如此堅定開朗的聲音，袁日霏斂下眼睫，一點也高興不起來。

她的上上籤並沒有保佑養父平安，甚至連自詡爲她的上上籤的鳳六都遭她波及……

她清楚地記得，在那千鈞一髮的危急時刻，又是鳳六再度救了她，而她如今竟連鳳六的安危都無從問起，究竟是誰保了誰平安？誰又拖累了誰？

而姚眞……總是開開心心的姚眞也受她牽連……

倘若不是爲了要提早讓她看見親緣鑑定報告，姚眞不會破例到現場來，更不會與她一同碰上爆炸。

再想起養父慘不忍睹的遺體，就在她眼前碎裂成無數屍塊……

歷劫過後的身軀疼痛難掩，就連心痛也難掩。袁日霏閉了閉眸，身體與心靈同等脆弱。

「對了，有個鳳六和我輪班照顧妳呢，我顧白天，他顧晚上。」簡霓話鋒一轉。

「鳳六？」聽見鳳簫的消息，袁日霏揚起眉，連忙關切地問：「他還好嗎？」

「好，好得不得了。」簡霓的眼睛一秒亮了起來，口吻也雀躍了起來。

「何止好？他簡直帥炸了啊！從沒看過男人長這麼漂亮的，五官長得好就算了，而且還是異色瞳，藍紫色那隻眼睛好美，我都不太敢直視他。還有，他的氣質超神祕的，從沒想過有人穿唐裝能那麼好看——」簡霓一股腦地、劈里啪啦地誇讚，像是已經想說了很久，終於找到人傾訴一樣。

「我的意思是，他有受傷嗎？氣色好嗎？」聽了簡霓的回話，袁日霏哭笑不得，又默默有種安心感。即使身邊許多人事更迭，簡霓依舊如常。

「看起來是沒受什麼傷，至於氣色嘛……有點疲倦吧，而且似乎總是很忙碌的樣子，時常看他在聯絡人，一下說什麼廟，一下說什麼仙姑的，總之我聽不懂。」簡霓聳肩。

總是那麼輕鬆愜意的鳳六很忙碌？

他很疲倦嗎？

她想，她果真又連累他了。

可她連累的何止鳳六而已？養母、養父、姚眞……

她想再問簡霓，有沒有聽說養父遺體的情況，但是問了又能如何？

簡霓是局外人，她也尚未做好心理準備要告訴簡霓養父極可能是她生父這件事，以及最近發生的這些光怪陸離。

袁日霏閉上眼，頭昏腦脹，耳朵裡似乎嗡嗡作響，有無數聲音在敲打。

她得想一想，可她並不想去想；她沒有力氣，明明不願思考，腦子卻轉個不停……

「簡霓，可以幫我到車上拿點東西嗎？」閉目掙扎了好一會兒，袁日霏睜開眼，終於決定接受事實，將所需物品一一告訴簡霓。

「好啊，那我快去快回。妳乖乖的，有什麼事就按鈴請護理師來。喏，給妳。」

聽完袁日霏說的話，簡霓將緊急求助鈴交到袁日霏手裡，對她交代。

「好。」袁日霏應聲，目送簡霓離開之後，半坐臥在病床上，閉目小憩。

過了好半晌，病房廊道隱隱傳來一道男聲。

「醒了嗎？好，我知道了，謝謝。」

修長清俊的身影出現在走廊那頭，從護理師口中聽聞袁日霏已經醒來的鳳簫加緊了腳步，推開病房門扇走入。

房內沒有別人，鳳簫睇睞打量著病床上的袁日霏，突然覺得心跳得很快。

他已經不是第一次感受到她的平安竟是如此可貴，只是這回更加深切，隨著與她相處的時刻增加，這件事顯得更爲重要，而他也更爲珍惜。

「簡霓？」袁日霏以爲是簡霓回來了，睜開緊閉著的眼，未料卻迎上鳳簫關切的眸。她神情一愣，嘴唇維持著半開的模樣，一時間竟不知該如何反應。

才幾天不見，此時看到他怎會有種恍如隔世感？

「妳醒了？」鳳簫劍眉一軒，朝袁日霏病床走近，神情顯得有些高興，又有些懊惱。

可惡，看見她平安甦醒後，沒來由又氣了起來。

她為何不在他照顧她時醒來呢？

這樣她才能清楚地知道，他不只再度救了她，甚至還辛苦勤勞地守候她多日，簡直是無與倫比的強大好用兼有才華。

快感激他吧！無論是感動到哭，或是感動到以身相許都可以！

「嗯。」袁日霏點了點頭，見鳳簫平安無事，和從前一樣喜怒難辨、陰晴不定，她驀然間有種委屈感，眼眶痠痠的，突然有點想哭。

她毀了養父的遺體，負了姚眞的善意，每回都是他耗費靈能來救她，可她眞值得他救嗎？

她表面上不動聲色，隱藏得很好，內心卻是暗潮伏湧。

怎麼這麼冷淡？說好的以身相許呢？她怎麼老是不照劇本演？

鳳簫擰起眉頭，走至她身前。

「妳什麼時候才學得乖，不要遇到任何事情都傻傻往前衝，妳以為妳是銅牆鐵壁、金剛不壞？」鳳簫伸手觸摸她臉頰，小指輕擦過她耳畔，心裡的不滿和嘴上的抱怨完全是兩種截然不同的方向，抱怨歸抱怨，手上的動作倒是相當溫緩。

「我……」感受到頰畔的指溫，從他的言語中清楚體會到他的關心，袁日霏不知道該如何回應，只覺滿腹委屈直衝而上，話音漸漸逸去。

她怔怔望著鳳簫，明明有千言萬語，卻一個字也說不出口。

她眞高興他平安，可她眞痛恨她的平安。

她心裡難受，卻無法明白確切表達出她的難受。

「日霏，我回……咦？鳳六？你今天這麼早？」在袁日霏與鳳簫的靜默之中，簡霓推門走入，看見鳳簫，馬上向他招呼。

「嗯，今日比較空閒。」鳳簫微微頷首，放下停留在袁日霏頰畔的手。

雖然與簡霓不熟，但到底相處了幾日，他對於照顧袁日霏的人還是難得的和顏悅色，不若對待其他閒雜人等時那般冷冰冰的模樣。

「日霏，是這些沒錯吧？妳的包包我幫妳放進櫃子裡噢。」簡霓將袁日霏交代要拿的一個牛皮紙袋遞給她，貼身包包則收進袁日霏伸手就碰得到的床邊櫃裡。

「對，謝謝。」袁日霏看著簡霓遞來的牛皮紙袋，指尖撫觸著紙袋那略微粗糙的質感，神情有些複雜。

這當中有她與養父的親緣鑑定報告書，是她極想知道，又想逃避的事實。雖然無論結果如何，現在得知，總歸是太晚了。

「我買了點食物，有粥，有茶碗蒸，有布丁，妳就算再怎麼沒胃口，多少也得吃點，好嗎？今天先將就一下，明天我來時，再帶些好吃的給妳。」簡霓將食物一一擺在桌上，轉頭又對鳳簫道：「記得讓她吃點東西。」

「嗯。」鳳簫淡淡地應。

「好。」袁日霏努力地對簡霓牽起微笑。

「那我先回去了，鳳六，接下來就交給你嘍。」拜託，她可沒忽略鳳簫剛剛摸在袁日霏臉頰上的那隻手。

簡霓留下一個耐人尋味的曖昧笑容，很識時務又有點多事地先行離開了。

病房內再度餘下鳳簫與袁日霏兩人。

袁日霏沉默地盯著手中紙袋好半晌，最終還是開口問了：「養父的遺體呢？你有從于進那裡聽說嗎？」

鳳簫沒回話，只是搖頭。

「是沒有聽說，還是狀況不好？」袁日霏追問，虛弱的嗓音中流露出迫切。

「後者。」鳳簫一瞬也不瞬地望著她。

袁日霏咬住唇瓣。其實，她何必要問？

她比誰都明白，遺體已經難以復原，什麼蛛絲馬跡全沒了，而她曾經想問養父的那些問題，也再沒人能給她答案。

袁日霏驀然覺得手中那薄薄的紙袋彷彿有千斤重，壓得她掌心與胸口同樣生疼。

「那麼，養父的案子結案了嗎？有找到兇手嗎？放置炸彈的人找到了嗎？」

鳳簫依然搖首。

袁日霏感到更絕望了。

「我……養父的遺體很難修補得回來，是我害的……」袁日霏對著空氣喃喃，不知在與誰說話，神情有些飄忽。

「不是妳害的，是殺害他的人害的，是放置炸彈的人害的，不管誰是始作俑者，都不會是妳害的。」無論她是否在自言自語，鳳簫總歸是聽見了，立刻給出回應。

他能明白她的自責與創傷，可事實上，她做得很好，甚至比誰都勇敢，在發現炸彈的第一時間做出了最冷靜有利的判斷，大幅減少了在場人員的傷亡。

他覺得很驕傲，她令他無比驕傲。

「我本來在想，解剖時我能看見死者，所以或許，我還能再見養父一面……」袁日霏逕自說著，像是完全沒聽見鳳簫的回應，抑或是不想聽見，木然地打開牛皮紙袋，抽出當中的文件。

鳳簫順著她的動作往那疊紙上望，紙上清楚標示著袁日霏與袁正輔的姓名，和他們兩人的基因座。

大大的一行紅字同時跳進他們眼裡——

親子關係概率值爲99.999779%

……99.999779%。

99.999779%。

袁日霏沒有出聲，鳳簫並未說話，兩人的目光同時凍結在那串數字上。

病房內的空氣更加凝滯了。

許久。

水珠一滴、兩滴……落了下來，像呼應著窗外的雨聲，啪答啪答地暈染在紙上，沉默地開出一朵朵哀戚的花。

鳳簫訝異昂首，看見成串眼淚從袁日霏眸中流淌而下。

他不知該作何反應，僅覺動人心魄，心臟彷彿被狠狠掐住，跳動得更快了。

她在哭，她的眼淚落在他心裡，像她心裡的雨。

知道袁正輔是生父的這一刻，袁正輔已經死了。早知橫豎都會走到這樣的結果，她爲何連一聲爸爸都沒喚過？

「妳看，就算妳多會念書，就算妳有多乖多懂事都沒有用。」

「院長，我名字裡的『霏』，是下雨的『霏』嗎？」

「日霏，雅淑會過世不是妳的錯……妳若肯喊我一聲爸爸，我會很開心。」

不是她的錯？是啊，她知道，她什麼都知道，養母會過世不是她的錯，養父過世也不是她的錯，那什麼才是她的錯？

袁日霏無聲地嗚咽，哭到後來，居然笑了。

恨。

這一刻，她確確實實感受到恨，排山倒海、鋪天蓋地的恨。

努力有什麼用？正向思考有什麼用？堅持當個好人有什麼用？

多懂事多乖巧多聰明，然後呢？

沒有然後！

這世界從來都不是對的，從來都不是公平的，從來都不是正義的！

她做錯了什麼事？那些對她好的人，每一個都要遭殃。

疼愛她的養母、包容她的養父、爲了讓她早點看到報告而親自來案件現場的姚眞、拚命維護她且喜歡她的鳳六……各個都要倒楣，無一倖免！

雨聲持續在病房窗戶上拍打著，重重敲擊著她的心臟。

她總算明白，她生命裡的滂沱大雨，始終沒有過去。

「鳳六。」袁日霏開口喚。

「嗯？」

「這世界上有神嗎？」

鳳簫隱約明白她的問句從何而來，他很想令她知道一切都會好轉，於是忙不迭地道：「我就要找到那人了，有間沒有名字的小廟，當中據說有個不老不死的仙姑——」

「那又怎樣？」出口的嗓音冰冷得連袁日霏自己都不認得。

如今做什麼都太遲了，不是嗎？

袁日霏傾身去拿床邊櫃裡的包包，那當中有寫著她生辰八字的紅紙。

她曾經很在意鳳簫看見這張紅紙的反應，可她如今什麼都不在意了。

袁日霏不由分說地將紅紙從包包內拿出來，一股腦塞進鳳簫手裡。

「你不是很想要我的八字嗎？我現在給你，你幫我批命，假如在我身邊就會災禍連連，那我——」

「妳怎樣？妳想去死嗎？」鳳簫看也不看那張紅紙一眼，伸手掐住她下顎，強迫她仰顏看他，不讓她繼續把話說下去。

關於她的命格是空宮這件事，他早已推知，他根本不在乎，他在乎的只有她此時的憔悴。

「妳現在就想放棄了？妳不是很行？老愛擋到別人身前去，卻這麼快就認輸了？」

「認輸？你知道什麼叫認輸？你有輸過嗎？」袁日霏奮力將他的手甩開，用力抹掉臉龐的淚，覺得自己遭神遺棄，被全世界背叛。

「你懂什麼？你有什麼資格說這種話？你永遠順風順水、呼風喚雨，哪能明白我的心情？少在那裡大放厥詞！少自以爲是了！」

恐懼與絕望在她心底開了道裂縫，將那些她害怕的、不願正視的夢魘統統傾倒注入，占據她每個感官、撕裂她每個細胞，令她恨恨咆哮。

「這世界上怎會有神？如果有的話，你告訴我神在哪裡？爲什麼我的願望祂總是聽不見？爲什麼我只是希望我愛的人平安而已卻會這麼難？假如我只會爲別人帶來不幸的話，爲什麼要讓我存在！」

「我是不懂！」鳳簫吼回去。

「嘴上嚷著不相信命理，其實比誰都迷信，妳以爲全世界的災難皆是因妳而起？命無正曜又如何？妳很介意妳的命盤裡沒有主星？」

袁日霏死死咬住唇瓣，感受到一股強烈的不甘心。

她的人生中鮮少有這種除了哭之外不知道該怎麼辦的時候，鮮少有這種在他人面前坦言崩潰的時候，偏偏現在就是那種時候。

充滿了負能量，無法拯救自己的時候。

「好，那我當妳的主星，從今而後，妳的正曜就是我！這樣可以了？妳滿意了？」

她抬頭注視鳳簫，眼眶裡全是淚水，映照出的他燦亮亮的，眞如一顆星。

「我守著妳，永遠都護著妳。妳絕對不會連累我，我比妳想像中的更強大。相信我。」

袁日霏說不出話，只是搖頭。

她早就連累他了，爲何他還能如此堅定？

他不怕她嗎？她比誰都更害怕她自己。

鳳簫望著她緊抿唇瓣、無聲垂淚的倔強模樣，一把將她按入懷裡，第一次感到如此衝擊性的心疼。

「袁日霏，要勇敢，不要放棄。」他的手掌強而有力地按在她背後，緊緊摟住她細微顫抖著的身體。

「不要說話，不要亂想，無論妳現在說什麼，我都不想聽。」那些喪氣的話，他不要聽，而他會成爲她的勇氣。

落在她耳畔的嗓音溫緩，充滿力量，有種說不出的安心感。袁日霏趴在鳳簫肩頭，無聲無息地哭了起來。

不要放棄，是嗎？她還擁有什麼能放棄？

她什麼都沒有了……

只剩下勇敢。

只能勇敢。

大雨從來不曾停歇。

神都聽見了嗎？

第二十一章

一連下了幾天的雨，終於放晴的首日，袁日霏也迎來了出院。

「日霏，就這些了嗎？」簡霓向袁日霏確認收整好放在病床上的物品，一邊四處張望有無遺漏。

「對，就這些了，浴室裡的洗漱用品我也都拿了。」袁日霏頷首，答完話後便沉默下來，坐在床沿靜靜凝視窗外。

連日來皆是如此，她悵然若失，食量小，睡得少，大多時刻總是安安靜靜的，雖然維持著日常作息與應對，但就是顯得既寂寞又空洞。

「日霏，關於妳養父的事情，我很遺憾。」簡霓望著袁日霏明顯清瘦下來的身影淺淺嘆了口氣，挨到她身旁坐下。

她已經從于進與鳳簫口中聽說了這件事，握住袁日霏的手，很想給予一些支持與力量。

「沒事的，妳別擔心，我很快就會打起精神來。回局裡後，我有好多事得做，雖然養父的遺體已經在爆炸中受損，但我還是得繼續找尋線索。另外，也還有養父的後事要處理，我會很忙，一切都會沒事的。」袁日霏回握，對簡霓揚起笑。

「忙不忙跟心情好不好有什麼關係呀？唉呀，日霏妳就是這樣，難怪讓人操心。」簡霓更鬱悶了。

袁日霏總是說自己沒問題，而通常說自己沒問題的人最有問題。倘若袁日霏盡情哭一哭吵一吵鬧一鬧，她或許還不會這麼憂慮。

「不是我讓人操心，是妳太愛煩惱了。」袁日霏強作精神，對簡霓牽起笑容。然而她勉力想安慰好友的模樣，只是令簡霓越發擔憂罷了。

「算了，不跟妳爭，總之呢，我們先出院再說。妳在病房裡等我，我下樓批價辦出院。」簡霓拿著一疊出院資料，轉身要走出病房。

「我自己去就可以了。」袁日霏搖頭，伸手欲拿簡霓手上的文件，她這些日子已經麻煩簡霓太多了。

「別了吧，等等若是鳳六來，發現我放妳一個人去批價，大概不會給我什麼好臉色看。」一提起鳳簫，簡霓精神一振，笑得很曖昧，聊天的興致都來了。

「欸，日霏，妳和鳳六之間到底是什麼關係？進展得如何？怎麼以前從沒聽妳提過？」

「什麼進展？妳在問些什麼啊？」袁日霏平靜的眼色一盪，隱約閃過一抹心虛。

她和鳳六之間是什麼關係？進展得如何？這個問題的答案她也弄不明白。

尤其，在鳳六面前哭過之後，好像一切都變得不一樣了。

她因爲種種事件大受打擊，總覺心裡空蕩蕩的，卻比從前更容易想起他，更容易因爲他的眼神感到心慌，也更容易因爲他的存在感到心安。

她能夠很清楚地看懂鳳簫眼底對她的關愛，也能很清楚地察覺到自己對他的依賴，但是……然後呢？

先不提養父屍骨未寒，後事尚未辦理妥當，連串離奇事件也還沒找到眞正兇手，待這些問題都解決，她想與鳳六發展成什麼關係？

而鳳六呢？他是怎麼想的？她又希望他怎麼想？

朦朦朧朧的，似乎有什麼情感在心中漸漸發酵萌芽，可她不敢，也無力琢磨，索性什麼也不想。

「問些什麼？拜託，妳難道不清楚嗎？就算沒談過戀愛也看過別人談戀愛吧？鳳六喜歡妳，這麼明顯，妳看不出來？」簡霓哼了一聲，對袁日霏妄想四兩撥千斤的天眞嗤之以鼻。

「妳又知道了？」袁日霏依然維持著一貫的避重就輕。

「當然知道呀，一個男人喜不喜歡妳這還需要問嗎？從他看妳的眼神、動作、表情，就會知道了吧？」

袁日霏沒有回話，卻不禁想起這些日子以來，鳳簫偶爾為她撥開頰畔髮絲的動作，觸碰她右耳時的溫度，凝望著她時的眼神……胸口驀然竄上了些什麼，令她後頸一麻，彷彿連兩頰都熱辣了起來。

「我聽不懂妳在說什麼。」袁日霏回應得不太自然，神情也不太自然。

「呿，不老實。那不然妳說，妳最近時常望著鳳六發呆是為了什麼？」當她瞎了啊？簡霓繼續哼哼。

「那只是……因爲他對我說了一些話，我得想一想。」猶豫了會兒，袁日霏有些含糊地表示。除了簡霓之外，她沒有任何能說心裡話的對象。

「說了一些話？什麼話？告白？」簡霓的興致更高昂了。

「我當妳的主星，從今而後，妳的正曜就是我！」

「我守著妳，永遠都護著妳。妳絕對不會連累我，我比妳想像中的更強大。相信我。」

某種程度上而言，幾乎是等同告白的發言沒錯。

袁日霏雖然想向簡霓傾訴煩惱，可卻不知該從何開口。

事實上，就連她自己每每回想起來，都有股說不出的彆扭，無法以平常心面對，心跳怦然。

明明現在是令人絕望的非常時期，她怎麼還能有餘力去想這種不該萌生的兒女情長？越有這種心思，袁日霏便越感到罪惡與自責。

「好啦，妳不想說，我就不問了。」見袁日霏臉色忽明忽暗，簡霓不再死纏爛打，留給好友保留的空間。

「不過，日霏，我跟妳說噢，妳還沒醒來的時候，鳳六每天都來，來時總是臉色很陰沉，也不說話，我本來很怕他的。」

「嗯？」袁日霏毫不意外，她完全能夠想像鳳簫當時的模樣。

「但是啊，後來，他每天都在妳床邊放一顆蘋果，看見那些蘋果，我對他的好感就來了。」

「爲什麼？」

「蘋果，平安呀，這幾天他不也每天削一顆蘋果給妳？好老派，不過浪漫死了。」簡霓一臉嚮往的模樣。守舊且候在病榻旁的男人多有魅力呀。

袁日霏頰色略紅，不知該作何反應，才能不彰顯出太多在意。

簡霓想起什麼，又自顧自地說下去。

「對了，日霏，雖然我知道妳現在自理沒有問題，但我想了想，總覺有點不放心，不如我到妳家去住幾天好嗎？萬一有什麼事，彼此也好有個照應。」

「不必。她住我那裡。」不知何時出現的鳳簫走入病房，想也不想地替袁日霏拒絕了簡霓的提議。

「咦？」簡霓一愣，由於太震驚，她消化了鳳簫的句子好半晌，才對袁日霏露出一個「好啊好啊妳居然沒告訴我妳死定了」的表情。

這下更難解釋了。袁日霏望著簡霓那佯怒又似笑非笑的模樣，念及她們方才的談話內容，再睞向鳳簫，心頭頓時湧上難言的忐忑與緊張，挺想掐死鳳簫的。

「我去批價。」最識時務的簡霓愉快地閃人了。

鳳簫眞是滿意袁日霏這個朋友，他方才可是站在病房門口，聽完簡霓誇他才進來的。

看，妳朋友多善解人意啊！怎麼妳就這麼不解風情呢？

鳳簫內心又怨懟了。不過，想到袁日霏今天就能跟他一道回鳳家，他的心情還是很好。

「我來接妳出院，八寶知道妳今天要回家，一早就跑去廚房忙了，忙到鳳笙臉都綠了，他向來不喜歡八寶忙東忙西。」鳳簫神采飛揚，語氣很愉快。

「應該別讓八寶那麼忙的，這樣我心裡很過意不去。」袁日霏一愣，她的重點與鳳簫的重點從來不是同一回事。

「過意不去什麼？大家都是自己人。」鳳簫這個「自己人」說得理直氣壯，完全不顧袁日霏的意願與瞬間漫紅的雙頰。

「有人在等妳，有個地方等著妳回去，有很多事情等著妳做，這樣不是挺好？」鳳簫說得越來越囂張，也越來越得意。早說了，不是她家就是他家，他家也是她家。

坦白說，自從她那天哭過之後，他其實很擔心她的狀況，不管是她的心情，或是她的身體，唯恐她大受打擊之後一蹶不振。有點事讓她忙一忙，有些人讓她煩一煩也挺好。

確實有許多事等著她去做，但是不是有哪裡怪怪的？

「出院前，我想去隔壁病房看我同事，聽說她恢復意識了。」袁日霏決定不與鳳簫糾結那什麼自己人不自己人的問題，暫時只關心她能關心的。

姚眞醒了，這消息當然是八卦靈通的簡霓告訴她的。

「別了吧，妳自己也是病人，雖然康復了，抵抗力還弱，要是跟別的病人交叉感染啥的還得了。」鳳簫說得輕巧，但這只是他眾多考量的其中之一而已。

一方面，他不願袁日霏因看見姚眞的憔悴模樣，又勾起內疚與自責，另一方面，他認爲袁日霏目前首重好好休養，從喪父之痛中恢復元氣，暫且不要與爆炸案相關的人事物接觸比較好。

更重要的一點是，他總覺得隔壁病房隱約散發將死之人或是已死之人的氣息，雖然這兩種氣息出現在醫院從來不奇怪，但他並不希望身體尚虛弱的袁日霏再去沾染這類不該沾染的劣氣。

「可是……」袁日霏有點爲難。這一出院，離姚眞就更遠了，倘若姚眞日後病情生變，轉入加護病房，她要探望會更難。

「對方也需要休養，要探病等妳們都出院之後再說吧。」鳳簫再接再厲，亟欲打消她的念頭。

「好吧，也是。」顧及姚眞同樣必須靜養，袁日霏躊躇了會兒，終究不再堅持。

正當鳳簫暗自鬆了口氣時，程咬金于進風風火火地從外面奔進來了。

「袁法醫！咦？鳳六，你也在啊？你在正好，猜猜我們在炸彈上找到什麼？」于進聲音快，腳步快，喜形於色，一鼓作氣亂嚷一通。

到底知不知道剛痊癒的袁日霏需要休息啊？案件進展可以私底下告訴他啊！鳳簫眞想一掌把于進拍平。

「廖女士的指紋。」于進繼續樂呵呵地嚷。

「廖女士？顏欣欣的母親？」袁日霏當然記得這號人物，廖女士曾經十分頻繁地出現在她的生活裡。

「是啊！一比對到指紋，我立刻派弟兄們去找她了，過會兒就到局裡了。走，東西收收，我們一起過去，這回不能再有什麼閃失了，要是像季光奇或袁局那樣，老差一步就糟了。」

哪壺不開提哪壺？季光奇就算了，提袁正輔幹麼？

「有什麼話不能等出院再說嗎？你可不可以不要在病房裡這麼吵？」鳳簫縱然很高興事情有新的眉目，但更對于進的白目深感不悅。

「不是就要出院了嗎？」于進不服。

「出院之後也要休養，更何況現在都還沒踏出醫院半步，你急著聒噪什麼？是烏鴉嗎你！」

「你才烏鴉，你全家都烏鴉！」于進爆氣。

鳳簫二話不說抄起手機：「喂，媽，于進說妳是——」

啪！鳳簫的手機被于進一把搶過去，急急忙忙掛斷通話。

「噢？你也會怕？」鳳簫很有興味地挑眉。

別鬧了，鳳六他媽是個胡攪蠻纏的狠角色，于進從高中時就深深明白了這點。惹熊惹虎都不要惹母老虎，這點走跳江湖的常識他還是有的。

「我去隔壁看姚眞，等等再回來和你們碰頭。」于進腳底抹油，跑了。

袁日霏失笑，鳳簫望著她，也跟著笑了。

「在醫院這麼多天，第一次見妳笑，看來于進還是有點用處的。」望著她難得展露的笑顏，鳳簫唇角微勾。

他的關心之情溢於言表，袁日霏被他望得有些不自在，心跳似乎有加快的趨勢，忍不住心虛地轉移話題：「等等要直接回局裡，那得告訴八寶一聲，否則她為我張羅了一個早上，又讓她空等，實在過意不去。」

「妳自己跟她講。」鳳簫再度撥通了電話，將手機遞給她。

「啊？」袁日霏尚未反應過來，低頭望向手機螢幕，已是通話畫面，只得趕緊將手機接過去。

「八寶？我是日霏……對，在辦出院手續，本來等等就要回去的，可是局裡臨時有事，對不起……好，晚上見，謝謝。」

措手不及地通完話，袁日霏將手機交還給鳳簫，有些責怪地睞向他。

可鳳簫完全沒把她的責怪當一回事，一臉愉快，顯見心情很好。

她要回他家，和他的家人有互動；他的家人喜歡她，她也喜歡他的家人，大家都是自己人，眞是令人通體舒暢、神清氣爽。

鳳簫愉悅得很明顯，明顯到袁日霏很難視而不見。

他越這麼張揚，她越覺對他愧疚。

她明白他對她的心意，可近來連番遭受打擊，縱然知道日子還是得過，所以她並沒有什麼輕生的念頭，但仍感缺失了什麼，心緒難平。

該如何回應他的示好？

不如還是先向他交代清楚，免得他將太多心思耗費在她身上，平白浪費大好時光，現在並不是能回應他心意的時候。

袁日霏望著鳳簫，心中感受十分複雜，不拒絕他，內心過意不去；拒絕他，似乎又有些捨不得……進退維谷，怎麼做都有遺憾，她隱隱嘆了口氣。

「怎麼了？」鳳簫挑眉，察覺到她若有似無的嘆息。

「鳳六。」袁日霏凝睇他。

「怎？」

「你是不是喜歡我？」

直球！

毫無疑問的直球！

鳳簫渾身一震，額角冷不防滲出一滴冷汗。

這是怎樣？超展開前難道不用先通知一下嗎？

他老是腹誹她不發球，可如今她發了直球，怎麼居然會這麼驚悚？

而且，怎麼會是問他喜不喜歡她？應該是她先說喜歡他才對吧？這下他該說什麼才好？

——對，老子就是喜歡妳，怎樣？

不行，太蠻橫了。

——誰喜歡妳啊？少往自己臉上貼金了！

不行，萬一她本想跟他告白，聽見這句可能會打退堂鼓。

煩死了，究竟該怎麼辦？

「妳說呢？」終於，在默念了幾百遍靜心訣之後，鳳簫找到一個無懈可擊，進可攻、退可守，有說和沒說一樣的回答。

「我說……或許，有吧？」袁日霏偏首瞧著他。

「隨妳怎麼說。」妳說怎樣就怎樣，快向我告白啊！鳳簫的心臟快要從喉嚨裡跳出來了。

「謝謝你，只是……再這樣下去，我很怕自己陷進去……」

那就陷進來啊混蛋！鳳簫簡直快嘔血了。

「妳——」鳳簫眞想抓著她的肩膀搖一搖。

叩叩。病房門扇突然被敲了兩聲。

又是誰啊？混帳！

假若怒氣値能具象化成量表，鳳簫頭上那量表絕對已經炸開了。

「日霏，我來看妳，妳好多了嗎？抱歉，這幾天比較忙，現在才有空過來。」進門的是西裝筆挺的黃立仁，毫不意外得到鳳簫一個趾高氣昂且怒意滿點的白眼。

「謝謝檢座，我好多了。」袁日霏頷首，不鹹不淡地答，維持著與同事之間一貫的疏離。

「那就好，大家都等著妳回工作崗位。」黃立仁的口吻與神情同樣柔軟，目光不經意瞥向一旁的鳳簫，隱約帶著疑惑。

鳳簫一瞬也不瞬地盯著黃立仁，藍眸深沉，蘊湧著一些袁日霏看不懂的暗潮。

怎麼回事？鳳六該不會是因爲黃立仁打斷他們的對話，所以才看起來這麼不開心吧？

袁日霏突然覺得應該爲他們介紹一下彼此，稍微緩和氣氛。

「檢座，這位是鳳六。」袁日霏對黃立仁道。

「鳳六，這位是地檢署的黃……鳳六，你做什麼！」

鳳簫目光一爍，桃木劍已然在手，劍身迸裂寒光，一個殺招往黃立仁身上轟去。

「嚇！」黃立仁猝不及防，立時後退，手臂仍被鳳簫揮來的劍氣掃中，一時間又痛又麻，如遭烈火燒灼，腳步不由得踉蹌了下。

「檢座！」袁日霏被這突如其來的發展所驚懾，下意識就要過去探看黃立仁。

「別過去。」鳳簫擒住她的手腕。

「怎麼回事？」袁日霏神情驚惶。

鳳簫將袁日霏拉到身後，冷然道：「他不是人。」

「什麼？」袁日霏一愣。

「我不認識你，也聽不懂你在說什麼。」黃立仁揉著發痛的手臂，語氣充滿不解。

「連自己是什麼東西都不知道嗎？很好，我這就讓你明白。」

鳳簫厲目斥問，沒打算與黃立仁多費唇舌，長劍挑劈擘砍，接連出招，三兩下便制住黃立仁要害；黃立仁被攻得連連後退，很是狼狽。

袁日霏當然相信鳳簫，但看黃立仁也不像在說謊的樣子，幾乎是一路被壓著打，毫無還手的餘地，這當中難道沒有什麼誤會嗎？

「九鳳翱翔，破穢十方！」鳳簫捏訣驟起，手中凌空生出一道黃符，符文閃現藍紫色光芒，頃刻間迸發好幾道光柱，兜頭兜尾包覆住黃立仁，將他困於其中。

痛、非常痛，黃立仁縱然不明白發生了什麼事，渾身似有萬蟲鑽咬啃噬的感受卻無可忽視，他神情苦痛，喉間發出慘烈哀號。

「匡——匡噹——砰！」

電光石火之間，一道黑影驀然閃入，強大的風壓灌頂而來，病房內的窗戶玻璃盡數碎裂，氣浪翻湧，彷彿連地面都跟著震盪搖晃。

黃立仁周旁地面竄升起幾道柱狀黑霧，在地面上由數點匯聚成數線，交錯糾結，形成一個法陣，強行衝開鳳簫符籙，兩方靈能衝撞爆裂，一時間竟似在互相搶人。

「天雷隱隱，神機一發，敕火急奉行。」

鳳簫掐訣再戰，轟隆一聲，病房內五雷陡降，雷電四起。天雷擘開黑色法陣，形勢大好，鳳簫正要搶攻，于進陡然衝進來，急匆匆地大吼——

「他媽的眞是活見鬼了！姚眞不知道發什麼神經咬了我一口，然後就跳窗不見了！連個影子都找不到，怎麼會有這種事……咦？你們在幹麼？」

于進邊說邊揚起手臂，手臂上的齒痕已經透紫發黑，看起來竟有幾分像是屍毒。

鳳簫面色陡變，袁日霏神情一凜，連忙過去查看于進傷勢。

鳳簫這麼一分神，說時遲那時快，黃立仁的身影瞬間消失在法陣裡，再一眨眼，連法陣也不見蹤影，病房裡頓時恢復成稍早時的寧靜狀態，只有滿地的碎玻璃與空蕩蕩的窗，透露出方才經過一場惡鬥的蛛絲馬跡。

「Shit！」鳳簫暗咒了聲，即使想要急起直追，也無法放下于進不管。

于進定睛一望，滿室狼藉，直到此時他才眞正回過神來。

不過，所謂的回神，也就只是從一團震驚，再被投入另一團震驚裡罷了。

「剛那些黑霧是啥？這些玻璃又是怎麼回事？你們在玩什麼，怎麼可以搞成這樣？檢座呢？他剛才不是來了嗎？」

「他也不見了。」袁日霏不知該如何解釋眼下這情況，只得先以最簡單的方式回應。

「啥？」于進完全搞不清楚狀況。

「先擔心你自己吧。」鳳簫走過來，執起于進手臂，咻咻咻點按了幾個手臂穴位，左手掐了張火符，不由分說往傷口上按。

「燙、痛痛痛！去你的！」于進牙齜牙咧嘴，若不是鳳簫力氣比他更大，握力比他更穩，他早就一拳往鳳簫鼻子上揍過去了。

「不想手爛掉就別動。」鳳簫沉聲正色，于進被他嚴肅的氣場震懾，痛歸痛，登時閉嘴，不敢多言。

火星點點，沿著于進手臂上的齒痕延燒，片刻間燒灼掉他泛紫發黑的肌膚，滲出的黑血滴落至地面，一股腥臭難聞的氣味散發而出。

「這味道……怎麼有種說不出的熟悉？」于進嗅了嗅，藉此轉移對手臂上熱燙痛的注意力。

「屍臭。」袁日霏比誰都熟悉這味道，不假思索地答。

「是，是屍臭。」鳳簫陸續以火符與淨符將于進的傷口清理乾淨，接著一個眼神投給袁日霏，由她接手為于進包紮。

非人類留下的傷口鳳簫能處理，但替人類包紮這種專業的事還是得由袁日霏來。

鳳簫走到方才法陣消失之處，矮下身子，捻起地上一截黃立仁的落髮，仔細看了看，左手掐起咒訣，那截斷髮霎時幻化成一股黑煙，散發出如同屍臭般惡劣難聞的氣息，頓時更加篤定了他的推測。

「咬你的是屍，和剛剛那個男的一樣，都是屍。」

鳳簫做出結論，袁日霏包紮的動作一頓，與于進同時一愣。

「屍？姚眞？黃檢？怎麼可能？」袁日霏十分訝異，率先反應過來。

「不是都聞到了嗎？怎麼不可能？別忘了妳養父家裡那些烏鴉。」鳳簫提醒。

「你說過，那些烏鴉只是被操控的屍體，但黃檢和姚眞是活生生——」說到一半，想起鳳簫曾說過的話，袁日霏猛然收口。

「對方需要的不只是屍體，還需要能令人眞正還陽的生魂，藉此令人眞正地返陽復生，成爲有肉身、有魂魄，和你我一樣有自由意識、能自主行動，如假包換的活人。」

是，黃檢與姚眞確實像是活生生的人，有肉身、有魂魄，有自由意識、能自主行動……

「對，妳想的沒錯。季光奇的半魂就在剛剛那男的身上。」鳳簫透過袁日霏若有所思的表情，猜出她已經串起當中環節。

季光奇的半魂在黃檢身上？袁日霏沉吟思忖。

這說法如此荒誕獵奇，但她驀然想起黃立仁會拿解剖刀這件事。

她與黃立仁共事已有一段時間，從沒見黃立仁使用過解剖刀，而季光奇是個外科醫生，使用手術刀再正常不過。

倘若季光奇的半魂在黃立仁身上，令黃立仁得以承襲季光奇的使用習慣與記憶，這麼一來就說得通了。

「所以，那個人已經成功了？他找到了如何結合身體與魂魄的方法，能令人眞正起死回生？而黃檢是他的實驗成品？」袁日霏統整了鳳簫的言論，問。

「等等，你們在說什麼？」于進很有被排擠的感受，出言刷存在感。

「屍。屍人。」鳳簫瞥了于進一眼，回答得言簡意賅。

「詩人？沒聽黃檢和姚眞說過有寫詩還是讀詩這種興趣。」于進完全狀況外。

「……」鳳簫已經不想說話了。

「……」袁日霏不知道該說什麼才好。

「你剛剛不是被咬到手臂，是被咬到腦吧。」鳳簫瞪于進，發現對于進再如何鄙視也是沒有用的。

「你才被咬到腦！」于進瞪回去。「你們什麼話都不說清楚，我哪弄得懂啊？而且，被咬到是會怎樣？我的手沒事吧？我會像喪屍電影裡演的那樣，也變成喪屍？」

「放心，你除了腦有洞之外都沒事，笨蛋都不會死。」鳳簫望了一眼于進的手臂，回應得很沒好氣。他這不是早就處理好了嗎？問這什麼蠢問題。

「那姚眞呢？她一直是屍嗎？若不是，她是何時成爲屍的？再者，她若是屍，在住院這段期間經過各種頻繁的診療，難道從醫學上無法察覺她的異狀？黃檢也是，局裡都有安排定期健康檢查。」及時把話題導回正軌的，永遠是袁日霏。

「道法不是妳想得那麼簡單，返陽回生這事都幹了，還差這點瞞天過海嗎？」袁日霏的想法不無道理，但鳳簫暫且只能如此解釋。

姚眞的情形他沒看見，不好斷言，只能隱約拼湊。之前他總感覺隔壁病房有已死或將死之人的氣息，本以爲只是醫院內不值得大驚小怪的濁氣，如今想來，若隔壁病房住的原就是屍，那麼會有這等劣氣的確不足爲奇。

而以方才黃立仁的情形來說，黃立仁確實是個非常完整、幾乎能夠以假亂眞的屍人，與他在濫葬墳崗看見的那些粗製濫造的傀儡完全是不同層次。

若不是基於多年來與妖物交手的經驗，多留了點心眼，他或許也不會察覺到黃立仁的異狀，更何況是爲姚眞診療的那些完全沒有經驗的醫護人員，他們怎能判斷眼前的活物是人、是妖，抑或是屍？

與醫學上能不能判斷屍人這件事比起來，鳳簫如今更在意的是，黃立仁很完美，是個非常完美的半成品，幾乎與眞人無異，因此足見對方煉陣返陽的決心有多強烈，簡直走火入魔到喪心病狂的程度。

鳳簫想，或許正因爲黃立仁如此無懈可擊，所以對方才會對濫葬墳崗上的屍不屑一顧，卻不惜動用陣法來救黃立仁。

而隔壁的那位姚眞偷襲于進的時機也太恰好了，恰好得能夠讓于進衝進來，使黃立仁溜走。

姚眞只是單純的屍嗎？她是何時成爲屍，何時被控制的，在這整起事件裡又扮演著什麼樣的角色？

鳳簫靜心思考，袁日霏也在琢磨鳳簫所說的話，維持沉默。

只有于進猶在一旁吵嚷個不停，吵到最後，鳳簫只得三言兩語向他簡單交代了來龍去脈。

「起死回生？屍體？什麼跟什麼？要不要這麼變態啊？」于進的反應永遠特別誇張。

「就是這樣。」既已向于進解釋過一輪，鳳簫自覺仁至義盡，不想再多說，再多跟于進說兩句話，他都要減壽了。

「日霏，我手續辦妥了……咦？于警官，你也來了？怎麼回事？病房裡怎麼會搞成這樣？」簡霓返回病房，看見滿地的碎玻璃，大大嚇了一跳。

「發生了一點狀況。」袁日霏簡單地帶過。她實在很不願簡霓捲進這些事端。

簡霓當然知道事情絕不像袁日霏說得這麼簡單，但看鳳簫和于進面色都有些凝重，猜想或許與什麼案件有關，不好對平民老百姓提起，於是她沒有多問，轉出病房，去向護理站借清掃用具。

「好吧，我們先把這邊收一收，看要怎麼善後怎麼賠償，並通知同仁們尋找姚眞與黃檢的下落，然後先回局裡，廖女士或許也要到了。」見簡霓暫離，袁日霏發話，話才說完，于進的手機便響了。

「于隊，不好了！廖女士突然昏倒，我們叫了救護車，正往醫院去了！」

第二十二章

Case 05

仙姑就像一道光一樣，出現在她那麼痛苦的時候。

女兒年紀輕輕就走了，白髮人送黑髮人，那些人怎能了解她的哀慟？

她早就說過了，女兒絕對不會是自殺，絕對是被人害死的，可是，無論她怎麼說怎麼做，都沒有人能為她尋到兇手。

沒關係，仙姑說，只要把炸彈埋在那裡就好了。

只要給他們一點教訓就好了，一點也不難，就連她也能輕易辦到。

既然她女兒死了，那些找不到兇手的人也應該死！

一個都不能活！跟著她一起下地獄！反正她生不如死，早就已經在地獄裡了。

急性心肌梗塞，第一時間送至醫院接受手術治療，不過即便手術順利結束，也無法立刻恢復意識，接受訊問。

確認過廖女士的狀況後，于進、袁日霏與鳳簫三人一返回刑警局，神情皆有些挫敗。

「帶她回局裡的路上有問出什麼嗎？」回到辦公室，于進問下屬。

「沒有，她什麼也不說，問她什麼都說不知道，也不知道是不想說，還是刻意隱瞞。」承辦的偵查佐回答。

「總之什麼都沒問出來就對了？」于進問得有點絕望。每回都是如此，好像就要抓到什麼線索了，偏偏又溜走，令人既懊惱又生氣。

「對。」偵查佐點頭。「不過，除了爆炸裝置碎片上有提取到廖女士的指紋外，河濱公園的監視器也有拍到廖女士的畫面。」

「在哪？我看看。」于進眼神一亮，走到偵查佐的座位旁，手撐著桌面。

偵查佐叫出筆記型電腦內的監視畫面備份。

「看，她提著一些東西，這個密封的箱子我們猜測是爆裂物，另外這一袋，袋口沒有封起，裡面的東西看起來很像衣服。」畫面定格，放大，袁日霏與鳳簫同時湊過來看。

「袁局的衣服？」于進轉頭問袁日霏，畢竟她與袁正輔是養父女關係，應該比較清楚。

「很像。」袁日霏定睛凝視畫面，頷首。

「所以，廖女士不只有炸彈，還有局長的衣服？這太奇怪了，廖女士和袁局應該沒有私交，我們也沒在局長的住處找到任何有關廖女士的痕跡。再說，廖女士不過是個尋常的家庭主婦，怎麼會有炸彈？是別人給她的？」于進沉吟了會兒，推敲結論，又問偵查佐：「查過她的住處和通聯記錄了嗎？」

「有，很乾淨。」偵查佐回答。

很乾淨就代表什麼也沒有。

「好，繼續追查，廖女士這幾天去過什麼地方，見過什麼人，把她的家人朋友親戚統統翻出來。」

「知道了，于隊。」偵查佐領命走了。

「這下好了，什麼都回到原點了嘛，每件事都像是同一人幹的，又不全像是同一人幹的，最開始的顏欣欣和趙晴都葛屁了，季光奇還在接受身心治療，袁局走了，廖女士昏了……有掌握什麼線索的人全部再見了，一點辦法都沒有，就連黃檢和姚眞也失蹤了，一堆沒頭沒腦的案件，到哪去找人？」偵查佐離開後，于進重重拍了下桌子，抓了抓短得不能再短的頭髮。

「而且，我怎麼想都想不通這幾個受害人之間到底有什麼共同點，顏欣欣、趙晴、季光奇、袁局、廖女士……他們的性別、職業、年齡、成長背景皆不相同，彼此之間也沒有關聯性，究竟是怎麼挑選的？說是隨機嘛，又覺得不太可能……」

「他們都有小孩。」鳳簫突然接話，眉頭緊鎖。

「啥？」于進揚眉。「袁局哪有小孩了？養女也算嗎？」于進不知道親緣報告的事，當然更不知道鑑定結果，有這疑問也是合理，目光很自然地落到袁日霏身上。

「少囉嗦，我說有就有。」鳳簫沒打算給于進在袁日霏傷口上灑鹽的機會，二話不說搶過話頭。

「怎麼這麼不講理啊你！」

「我什麼時候講過理？」

「……」還眞是無法反駁啊。于進瞬間無言以對了。

「總之，我打聽到一間傳說中的小廟，廟裡據說有個非常靈驗的仙姑，不老不死、有求必應，能夠通靈、觀落陰。而那間廟主要的業務範圍正是求子、安胎、供奉嬰靈……舉凡和子女有關的事情，都能夠處理。」

袁日霏想起來了，她將親緣報告書拿出來看時，鳳簫曾提過這事，但她當時情緒失控，沒眞正聽進去。袁日霏垂眸，不禁有點自責。

「那我們還不快去那間廟看看？」于進挽袖，一副蓄勢待發的模樣。

「就是沒辦法，所以我們才會還在這裡。」鳳簫聳肩。

「怎麼說？」于進不解。

「雖然有這些傳說，不過統統只是信徒們繪聲繪影的說法，關於小廟的所在地、仙姑的長相、具體的事蹟……眾說紛紜，始終問不出個所以然。我曾嘗試將流傳這些說法的信眾所在區域記錄下來，可是分布範圍很廣，北中南都有，並沒有特定出現在哪一帶，顯得彷彿僅是鄉野奇譚、都市傳說罷了。」

「又是擦邊球。」于進再度抓了抓腦袋，突然反手一拍。「欸，你們說，會不會向那個仙姑求助過的人全死了？就像這幾個案件的關係人一樣，所以才會只剩下這些說法流傳，卻什麼邊都搆不到。」

「很有可能。」鳳簫回應，袁日霏沉默，于進苦惱，三人又一次陷入膠著。

「還是沒有黃檢和姚眞的消息？」袁日霏率先打破這陣凝滯。

「對，剛剛弟兄們回報過，還是沒有。」于進搖頭。「每件事都這麼邪門，跟人間蒸發一樣，而且黃檢和姚眞都沒有家屬，現在是怎樣？全天下都是孤兒嗎？靠！你踩我幹麼？」

于進話才說完，就被鳳簫用力踩了一腳，直到被鳳簫狠狠瞪了好幾眼，才後知後覺到自己的失言。

好好好，對不起，是他的錯，孤兒眞的很多，眼前的袁日霏也是一個。

「袁法醫，我不是那個意思，我是指——」于進試圖亡羊補牢。

「沒事。」袁日霏搖頭，壓根不在意。「看來我們只能從現有線索來推斷了。于隊，目前蒐集到的物證資料都在你那裡對吧？」

「是啊，在我這。」于進走回座位，取出一些證物袋，一一放在桌面，當中包含了顏欣欣與趙晴的兩張紅紙。

「除了這兩張紅紙之外，還有這張。」袁日霏默默拿出自己的那張紅紙，擺在兩張紅紙旁。

「啥？」于進不明所以。

袁日霏只是搖頭，要于進自己看。

于進將紅紙拿起，看見袁日霏的生辰時，胸口猝然一跳。

「袁法醫，妳——」于進十分訝異。

「抱歉，我應該早點讓你知道的。」袁日霏搖頭，補充道：「這是我被拋棄在育幼院時，就攜帶在身上的紅紙，依據筆跡鑑定的結果，這三張紅紙上的字是同一人所寫。」

鳳簫也曾看過她拿出這張紅紙，不過那時她情緒潰堤，而他以爲那只是張普通的、記載著她生辰八字的紅紙，並不知道與顏欣欣和趙晴的紅紙有所關聯。

總之，兜兜轉轉，現在總算是所有東西都兜齊了。

三人目光同時落向三個證物袋、三張紅紙。

顏欣欣——民國一〇六年、歲次丁酉、農曆一月五日、寅時

趙晴——民國一〇六年、歲次丁酉、農曆二月五日、寅時

日霏——民國七十九年、歲次庚午、農曆五月五日、寅時

「這三張紅紙上的時間，分別爲死亡時間、剖屍取胎時間和出生時間。」袁日霏道。

「妳的紅紙除了我們之外，還有誰看過？」鳳簫發問。

「姚眞，我請她鑑識。」

「親緣報告也是姚眞做的？」

「是。」

「什麼親緣報告？」于進納悶。

「你不用知道。」鳳簫沒打算回答。

「喂！你們倆哪來這麼多祕密啊？」于進不滿。

「幹麼？你吃醋？」鳳簫橫他一眼。

「去去去，不跟你瞎扯淡。話說回來，這三張紅紙上寫的都是五日、寅時，這個時間有什麼特別的嗎？對方怎麼對這時間這麼有執念啊？」

「五就是無，和零一樣，皆是萬物起始、無中生有之意，寅時則爲極陰之時，有利於任何陰損之術，另一方面，由於快要天亮的緣故，這時辰也是即將由陰入陽之時。」鳳簫說明。

「無中生有、由陰入陽……就是你說的起死回生？屍人就是這樣來的？」于進意會。

「對，雖然沒親眼看見對方如何施術，但應該是這樣沒錯。」鳳簫點頭。

「欸，你不是說，你曾經到過對方所在的濫葬墳崗嗎？那我們直接衝過去，殺他個措手不及？」鳳簫在袁日霏病房裡向于進說明起死回生之術時，曾簡單交代過這件事，因此于進很自然地想起。

「我雖然以元神型態探過那裡，術法能尋氣而至，但那裡屏蔽得十分完全，始終找不到眞正的入口，我得知道對方的實際位置才行。更何況，全臺灣的濫葬墳並不少，我詢問過幾個幫忙處理無名屍的地下人頭，他們都沒有見過類似我看見的那個山頭——」

「等等，既然有關於非法處理無名屍的消息，你應該提供給警方。」于進立刻板起臉。

這種幫忙處理無名屍的地下人頭一向是治安毒瘤，除也除不盡，甚至許多失蹤人口、私生兒、受虐兒等大大小小的案件也都源自那兒，總是令他頭痛得要命。

「我正在提供給你。」鳳簫聳肩，答得輕巧。這是警方的事，不是他的事。

作惡的人不少，但除了于進之外，也有某部分警察是採取睜隻眼閉隻眼的態度，和這些地下生意維持著微妙的平衡。他不予置評也不想插手，吃力不討好，徒惹一身腥罷了。

「呿。」于進悶哼了聲。非法的事怎麼辦都辦不完，還是先專注在眼前案件要緊。

「我有點在意袁局的遺體發現位置。」袁日霏驀然發話。

「怎麼說？」

「因爲，在我們剛才看見的監視畫面中，廖女士不是拿了爆炸裝置與袁局的衣服來嗎？」

「是。」于進與鳳簫同時點頭。

「屍體上浮至少需要兩天時間，但也未必剛好就是兩天。」袁日霏隨手點開手機的地圖程式，在地圖上將可能的拋屍位置都以紅點標示出來。
「你們看，找到袁局遺體的地方在這裡，雖然遺體因爆炸損毀了大半，目前無法解剖，獲取更多資料，但是我們可以根據那天現場遺體的狀況和水位資料、河水流速來推斷，將拋屍地點假設在這些地方。」
「不只一個地方有可能？」于進和鳳簫看著地圖上那許多紅點。
「對，因爲拋屍的時間可能是遺體被發現的兩天前，也可能是三天前甚至更久。反過來推測也一樣，由於有種種變數，屍體上浮的位置可能產生變化，若是從上游拋屍，廖女士怎麼知道屍體會恰好出現在這裡？再者，假若屍體出現在這裡的時間是經過精心計算，那麼，又爲什麼屍體要出現在這裡？」
「爲了擺放炸彈？」于進首先想到這個可能。
「如果是爲了擺放炸彈的話，對方爲什麼選擇這裡？這裡有什麼特別？」袁日霏繼續推敲。
「目前在這個河濱公園的偵查結果上是找不到任何特別之處啦！但是，鳳六，在你們那些亂七八糟的道法結界陣術風水裡，這裡算是什麼特殊的地方嗎？」
「不算。」鳳簫搖頭。當天到達現場時他就確認過了，無論在風水、地形方面，都並沒有任何特別之處。
「又或者，選擇哪裡根本不是重點，對方只是想掩蓋眞正的落水點？」袁日霏思忖，住院那幾日，她總是不停地在思考這些事。

「我那天有提取養父身上的水藻及指甲中的附著物，可惜遇到那場爆炸，不然就可以分析……爆炸現場有遺留什麼嗎？」袁日霏問于進。

「當然沒有啊，整個遮棚都炸飛了，妳的相驗包和姚眞的工具箱破的破、爛的爛，哪還有什麼剩下？」

「我想也是。」袁日霏有些遺憾地點頭，又道：「新的局長已經到任了吧？那養父放在辦公室裡的遺物得整理出來，清出空間才行。我想知道養父從失蹤到死亡這段時間究竟發生了什麼事，或許養父的遺物裡有些蛛絲馬跡可循……總之，我去一趟局長辦公室。」

袁日霏說著，便要提步出去，被于進一把抓住。

「免了，妳住院那麼多天，我早派弟兄們整理了。喏，就在這裡。」于進指著辦公桌旁幾個紙箱。

開什麼玩笑？不先將舊局長的物品整理出來，難道等著被新局長電嗎？新官上任三把火，趨吉避凶、趨吉避凶。

袁日霏矮身探看，信手撥了撥箱內物品。

養父的警徽、習慣使用的杯子、與養母的合照……明明是那麼熟悉的物品，觸手可及，卻已是天人永隔的距離。翻著翻著，鼻腔衝上一股酸意，被她硬生生壓下。

「都在這裡了？」袁日霏將眼眶裡的薄淚眨回去，冷靜地問。

「對啊，都在這了。」

「好，那我拿回法醫室……咦？」袁日霏正要抱起紙箱，眼角餘光卻瞥見一個藏在紙箱縫隙中的物品，十分眼熟。

「這……怎麼會在這裡？」袁日霏將一個透明標本瓶從紙箱中拿出來，上頭的標籤紙貼著尋獲袁正輔遺體當天的日期。

這是她的字跡，她親手從養父遺體上取得的標本，她絕不會認錯。

「這啥？」于進問。

「就是我剛剛說的，爆炸當天從養父遺體上提取的水藻及附著物。」

「怎麼可能？」于進不可置信。「清理爆炸現場時完全沒看到這個，只有一堆亂七八糟的碎片而已。更何況，這幾箱東西弟兄們拿來時我也看過，明明沒看見啊。」于進搔了搔頭，丈二金剛摸不著頭腦，袁日霏與他同樣不可思議。

「不管了，總之，我先拿回鑑識中心檢驗。」袁日霏當機立斷。

鳳簫盯著袁日霏拿在手裡的透明玻璃瓶，突然感受到一陣異樣，眼睫一瞇，門外彷彿有道黑影閃過……袁正輔？

鳳簫追出廊道，疑似袁正輔的靈體早已消失在彼端。

「那個方向是哪裡？」鳳簫問跟過來的于進。

「鑑識中心大樓嘍。」于進聳肩，搞不懂鳳簫突然跑出來幹麼。

「帶我過去那邊看看。」鳳簫發話。

「你去那邊做什麼？」于進一愣，旋即反應過來。「啊，我知道了，你要去看姚眞的座位對嗎？也好，我帶你去。」

「怎麼了？」袁日霏恰好在此時走來。

「沒，鳳六想去看看姚眞的座位，我帶他去。」于進說。「我們和妳一道回鑑識大樓，先去姚眞那裡。對了，黃檢的座位也要看吧？黃檢的辦公室在地檢署，隔壁棟，比較遠。」于進對袁日霏說到一半，又轉頭向鳳簫道。

「好。」鳳簫和袁日霏同時頷首，和于進一道提步。到了鑑識大樓法醫室，于進與鳳簫往鑑識中心走，與袁日霏兵分兩路。

「那我們分頭進行，保持聯絡。」于進和袁日霏作別。

「好。」袁日霏旋足踏入法醫辦公室，拿出櫃子裡的白袍披上，手裡仍握著透明標本瓶，準備親自做檢驗。

鳳簫站在法醫室門口，盯著她披上白袍、埋首工作的身影，不由得有些出神。

她神色平靜，看起來已經接受了袁正輔過世的事實，表現得十分冷然，與得知袁正輔是她親生父親時的反應大相逕庭，那天在病房裡的崩潰彷彿一場夢境。

是心情眞的已經平復？或者只是壓抑逞強？

鳳簫一方面覺得她善盡職守得令他驕傲，一方面又覺擔憂莫名，很難釐清。他非常想告訴她些什麼，必須立刻讓她知道才行。

「等我一下。」鳳簫拍了拍于進，舉步走向法醫辦公室。

「好，我外頭等你。」于進以為鳳簫是要和袁日霏說什麼重要的事，站在門口等。

「怎麼了？」察覺鳳簫走入，袁日霏仰顏。

「妳打起精神來了？」鳳簫隔著幾步之遙問她。

袁日霏一怔，望著他沉默了會兒。

「鳳六，我的名字叫日霏。」袁日霏突然沒頭沒腦地拋出這句。

「妳以爲我文盲？」鳳簫挑眉。果然，她不是接受事實，而是打擊太大壞掉了。聽！都胡言亂語了。

「霏是下雨的意思。」袁日霏補充。

「現在是怎樣？妳繼黃金比例、三維空間數學之後，還想和我科普字義？」糟糕，這受創也太深了！鳳簫的眉心皺得越來越緊了。

「日霏，就是天天都有雨，我覺得我的人生就是一場下不完的雨，而我想讓這場雨結束。」袁日霏說到最後，居然清清淡淡地笑了。

她的聲音明明很近，聽起來卻很遠；啣在嘴邊的微笑無比透明，卻又有點蕭索。鳳簫內心一陣動盪，不只眉頭，彷彿連心都被她掐住，捏得更緊了。

「妳不是曾經說過，很怕自己陷進來嗎？」鳳簫驀然走近，立在她面前，瞬也不瞬地望進她眼底。

「嗯。」袁日霏抬頭，視線與他的在半空中相凝。

「陷進來，喜歡我，愛上我，再更徹底一點，更依賴我一點，直到我成爲妳的全世界為止。」他的目光很堅定，眼神很澄澈，藍紫色的波光在他眸心晃動，令人目眩神迷。

他早就說過的，他要當她的正曜，成為她的星。

袁日霏的視線被他緊緊糾纏住，原想明確地告訴他什麼拒絕的話語，卻彷彿有萬千情緒鯁在喉頭，一個字也說不出口。

「妳先不要回答我，等事情都落幕之後，我等妳的回覆。」鳳簫說完，攏了攏她頰畔的髮絲，又捏了捏她右耳上的櫻瓣，指尖溫度還停留在袁日霏耳朵上，卻已頭也不回地轉出法醫辦公室。

「走吧。」鳳簫對于進道，面色平靜得十分可疑。

「咦？你耳朵紅紅的，很熱？」于進怪異地盯著鳳簫。「怪了，鑑識中心的冷氣明明是冷出名的，你居然還會熱？」

「關你屁事。」鳳簫不理他，自顧自地往前走，以疾行的腳步聲掩蓋住過促的心跳。

將心思從鳳簫說的話上拉回來，袁日霏什麼也不願多想，專注在眼前的工作。

在法醫學中，判斷溺死或他殺最準確的方式是檢驗臟器中的浮游生物。

假若一個人在生前落水，必然會出於本能拚命呼吸，呼吸時便會將分布於水中的浮游生物吸入肺中，透過血液循環進入各個臟器。

反之，倘若一個人是在死後才被拋屍入水，由於已經死亡，無法呼吸，肺中便不會含有大量浮游生物。

這點袁日霏自然清楚，但袁正輔的遺體趕不上解剖便被炸飛，而屍塊收集與保存的情況她還沒親眼見過，無從得知能掌握到的資訊究竟有多少。

即使見到，畢竟經過爆炸，再次損傷的部件有更多複雜的變數需要考量，所以，袁日霏選擇將處理屍塊這事暫擱一旁，先做指甲附著物與遺體上水藻的檢驗。

首先，指甲附著物裡雖未找到任何衣料、皮屑等疑似他人的可用線索，不過也有少量藻類蘊含其中。

藻類廣泛存在於湖泊、河流、海洋之中，依據位處淡水、海水，各有不同。即便是同一條河流，也會有不同的藻類區塊分布，對於判斷死者生前眞正的落水水域有很重要的功用。

袁日霏坐在顯微鏡前，使用溶液剝離水中的垃圾與雜質，細細觀察著顯微鏡下的五顏六色，仔細將浮游生物提取出來，分辨著水藻的形狀、切面與花紋，先一一判斷出究竟是哪種水藻，再比對遺體發現地點與上流水域的取樣標本，觀察鏡檢結果，看看是否有所不同。

全世界的藻類預估超過兩萬種，即使撇除臺灣地區不常見的，也爲數不少，必須悉心比對，是件需要高度專注的工作。

時間一分一秒過去，袁日霏的觀察結果越見清晰，神色也越漸凝重。

袁正輔遺體上、指甲中所採集到的藻類，與發現遺體的河濱公園並不完全屬於同一個水域，除了淡水之外，甚至還有海水中才會出現的種類。

海水？

怎麼會？

袁日霏反覆確認了好幾次，手邊能查的、能比對的資料統統用上了，檢驗越做越精細，只是更加驗證了這個結果的不可撼動。

發現遺體的地方是淡水，身上卻驗出淡海水皆有的水藻種，那麼，是在海水中溺斃，再被拋到河裡？抑或是在淡海水交界處溺斃，再被帶到淡水水域？上游海域的取樣有沒有問題？這條河流的出海點在哪裡？附近有淡海水交界處嗎？

袁日霏眉頭深鎖，進一步查找。

另一頭，于進領著鳳簫，來到鑑識中心內姚眞的座位。

「姚眞是新人，雖然比我晚進刑警局，不過比我早來這個單位。」于進一邊行進，一邊說道，腳步在姚眞的座位旁停下。

「其實同仁們之前大致確認過她位子上的東西了，沒什麼不得了的發現，不過爲了謹愼起見，我們還是再確認一下好了。」于進說話時沒閒著，已經拉開抽屜，一格一格檢視。

「有他們的人事資料嗎？我想看看。」姚眞的物品整理得有條不紊，一點異樣也沒有，陸續看了些後，鳳簫開口。

「好，我馬上請人事單位傳來。」于進拿出手機，三兩下交代下去，立刻收到兩份人事檔案，一份是姚眞的，一份是黃立仁的。

鳳簫湊到于進身旁，和他一同查看，上面除了身分資料、出生日期，還有曾經服務的單位一覽。

「你看看這個。」好半晌，鳳簫指著姚眞的人事資料表某處，向于進示意。

「待過這麼多地方？這什麼抗壓性啊？」于進見到那串密密麻麻的單位，很自然地嘖了聲，但這顯然不是鳳簫要他看的重點。

鳳簫白了他一眼，伸指比了比姚眞的出生年份。于進瞠目結舌，眼珠子簡直快要掉出來了。

「怎麼可能？這都快要袁局那個歲數了！」于進揉了揉眼睛，確認自己沒有看錯，不可思議地道：「姚眞明明一副剛畢業的妹子模樣啊，頂多二十來歲，誰會想到她年紀已經這麼大了？而且，雖然大家平時不會把人事資料表調出來看，但人事單位當初任用她時，應該也會覺得她履歷上塡的出生年份很不對勁吧。」

「履歷上的資料是小事，那隨便用個術法掩蓋就是了，至於看起來異常年輕這回事，別忘了，她可是屍。」鳳簫指指于進手臂上那姚眞咬出的傷口。

「好吧，也對。」于進想了想，雖然不知道屍究竟是怎樣的存在，但不老不死好像還挺合理的，於是胡亂應了一通，繼續點開黃立仁的檔案來看。

「貴族中小學、第一男子高校、第一學府，各類公職考試都是榜首錄取……媽的這學經歷也太精英太華麗了吧？」于進嚷嚷，嚷嚷到一半，又說：「欸，不過，怎麼每個階段都有微妙的空窗期呢？」

小學畢業的年份到國中入學的年份相差了一年，國中到高中、高中到大學、大學到服兵役、就業……每個階段皆有停頓，並未直接銜接。

「身體不好？休學？黃檢看起來是很斯文、有點瘦弱沒錯，但不至於吧？很少見他請假的，難道是這幾年調養有成？」

「他也是屍，所謂的調養，有可能是施術人的術法更精進了。」鳳簫思忖。

「呃？好，停停停，算了你別說了！」一聯想到這方面，就覺得像操偶師操縱傀儡一樣，有股說不出的毛骨悚然，于進忍不住打了個哆嗦。

「光用猜的也不會有結論，我們還是繼續來看姚眞的東西好了。」于進定了定心神，再度翻找起抽屜內的物品。

「等等。」翻到某樣東西時，鳳簫驀然喊住于進。

「怎？」于進納悶地看向鳳簫。

「這上面被施過咒術。」鳳簫往前一指。

「啥？這個？」于進一愣，手還搭在剛剛的物品上。

「對，就是這個。」鳳簫點頭。

于進看看他，再低頭看看手中的東西，一臉納悶。

「這不就幾張空白的紙而已嗎？大小挺像名片的，不過沒什麼奇奇怪怪的東西跑出來。」于進口中奇奇怪怪的東西，指的當然是黑蛇、墨虎之類的妖物。

「限定咒術。」鳳簫拿過那疊紙，掌心刷過紙面，靜心感知施術者氣息。

「什麼意思？」于進覺得聽得懂才有鬼。不對，這世界連屍人都有了，有鬼算什麼？

「就是要符合施術人所設定的條件，才會生效。就像你每年都去的成人展，要年滿十八歲才能購票進場一樣。」鳳簫不疾不徐地說。

「噢，那我懂了，就是……你妹啊！誰每年都去成人展了？」

「這不是應得很自然嗎你。」

「別瞎扯了啦！」于進看似有些心虛地轉開話題。「既然要買票才能進場，你倒是快弄出入場券來啊！」

「少囉嗦！」沒看他已經在動作了嗎？鳳簫左手凌空覆於紙上，紙面隱隱透出幽光。

「咦？于隊，你們在這裡幹什麼？」驀然間，一名與于進相熟的鑑識人員走入，很自然地湊到于進與鳳簫身邊，和他們一同盯著那些紙張。

「于隊，你搞大誰的肚子了？造孽啊！」鑑識人員忽然吐槽于進。

「什麼我搞大誰肚子？哥都有安全措施的好嗎！」于進爆氣。現在是怎樣？每個人都要拿他尋開心就是了？

「不然你拿這名片幹麼？」鑑識人員莫名其妙。

「……等等，你看得見這紙上寫什麼？」于進想把這位鑑識人員碎屍萬段的同時，很快反應過來。

「怎麼可能看不見啊？字這麼大，寫的還是中文，想不看見都很難吧？」鑑識人員納悶地將那張名片拿過去，一字一字念出來：「安好名、渡嬰靈、祈順產、保消災……」

于進和鳳簫兩人驚愕地相視一眼，在他們兩人眼裡，這紙上依舊什麼也沒有。是這位鑑識人員恰好符合了施術者設定的條件？咒術都還沒破呢，眞是得來全不費功夫。

「先別管嬰靈那些了，上頭還寫了什麼別的？比如地址、電話之類？」既然是名片，總有這類資訊吧？于進是這麼想的，急匆匆地問。

「沒啊，就這樣了。」鑑識人員左看看、右看看，一頭霧水，聳了聳肩。

「就這樣？」不是吧？瞎找了老半天，結果依舊什麼有用的線索都沒有？于進不接受。

「對啊，就這樣，不然還要怎樣？」鑑識人員完全不知道于進葫蘆裡賣什麼藥，轉念想起手邊還有許多工作要做，決定不跟于進閒聊了。「好了，于隊，我先去忙了。」

「好好好，你去忙。」于進揮手趕他，鑑識人員轉身走開，就在他轉身的同時，空白紙面上悄悄竄出一抹極淡極淡的黑影，在空氣中化作幾縷輕煙，糾結攀爬至鑑識人員肩頭。

輕煙淡薄，霎時便要隱入鑑識人員體內，卻沒能逃過鳳簫法眼。

鳳簫左手立時揚起，嘴裡喃喃念著什麼，煙霧竟似被他攫住般地繚繞過來，飄聚在他掌心，黑光一閃，密密麻麻成形，竟像是一道符文。

「這啥？」于進盯著這狀況，又是一臉驚駭。

「咒。」鳳簫看清那符文內容，眉心深鎖，伸手一掐，收攏掌心，符文瞬間灰飛煙滅。

「什麼咒？話老講一半什麼意思啊你！」于進眞是無力吐槽了。

「傳送咒文。」鳳簫搖搖頭。麻瓜眞的很煩，他這輩子是被麻瓜詛咒了嗎？在家要應付鳳五那個無恥大麻瓜，在外要應付于進這個無腦大麻瓜！

「傳送咒文幹啥用的？你不要老是開了頭卻不解釋啊，聽不懂人話嗎？」看！他才剛抱怨過呢，鳳簫根本沒在聽嘛！

「總之，那個咒的用處是讓看見這張名片的人有所求時，能夠傳送到施術者身邊。」鳳簫不愧與麻瓜交手久了，再困難的環節都能用最白話的方式解釋。

「限定咒術、傳送咒文……傳送到施術者身邊，傳送……」于進一邊喃喃一邊琢磨，突然拍了下手背，福至心靈。

「欸，鳳六，你之前不是說過，顏欣欣、季光奇、趙晴、廖女士、袁局的共通點都是有小孩嗎？」

「嗯。」

「那你看，剛剛那個鑑識人員也有小孩，而我們都沒有小孩，也都看不見紙上的字，會不會有小孩這件事就是所謂的限定條件？畢竟那名片上寫的嬰靈啦，順產啦，全跟小孩有關係。」

「很有可能。」鳳簫點頭。這也是他方才在思考的可能性，眞難得于進有這麼聰明的時候。

「只是，不知道那個有所求是求什麼。」于進又問。

「人類的慾望太多了，很容易有所求，特別是有關孩子的事，骨肉親情向來是人們的軟肋所在。比如顏欣欣，她或許想爲她死去的孩子們報仇；又比如趙晴，她可能希望得來不易的孩子平安順產；至於季光奇，他或許希望阻撓他前途的孩子能盡快死去。至於廖女士嘛，想幫早逝的女兒出口氣也是有可能。」鳳簫聳肩，說得稀鬆平常。來鳳家問事的人內心總是充滿各式各樣的慾望及疑問，他早已司空見慣。

「太偏執了這些人。」于進感慨。

「所以，那人可能便是利用附在名片上的咒術，先篩選出他想要的對象，再趁這些人心靈脆弱、想尋求幫助時，將人傳送至他身旁，和對方進行條件上的交換，用以換得他想要的東西。」鳳簫繼續推測。

「他想要的東西是？錢？」于進納悶。

「不，倘若只是需要錢，不必如此大費周章，他需要的是小孩、胎兒、屍，或魂，這類可以讓他煉陣返陽、起死回生的東西。」這太合理了，對於對方所用的方法，鳳簫已經漸漸掌握到脈絡。

「有夠變態。」于進搓了搓手臂，每次聽聞這些亂七八糟的事情，他都總覺渾身起了雞皮疙瘩。

「不過，目前皆只是猜想罷了，跟那個傳說中的宮廟仙姑一樣，僅是抓到了一個大概的輪廓。」鳳簫雖覺這推測十分合理，但在沒有更多有力證據支持前，還是暫持保留態度。

「沒關係，至少我們知道擁有咒術名片的姚眞絕對有古怪。」于進自我安慰。

「還眞是振奮人心啊。」這不是廢話嗎？鳳簫皮笑肉不笑地吐槽。

這種看似有頭緒，又看似沒頭緒的挫敗感，實在很令人討厭。

好像一步步接近了，又始終探不到底。

兩人無奈地相視一眼，誰也沒說話。此時，袁日霏一反平日冷靜常態，氣喘吁吁地從外面跑進來。

「于隊！鳳六！」袁日霏跑到他們面前站定，手裡拿著一大堆鑑識報表。

「袁法醫？怎麼了？」她如此慌張的模樣眞是難得一見。于進不由自主地多欣賞了下這奇景。

鳳簫視線落在袁日霏身後……袁正輔？

他一直在附近徘徊，不說話、不靠近，對他這個具備靈能、能夠斬妖降鬼的人也不畏懼，究竟想表達什麼？

「我找到了。」袁日霏有點喘，不由分說地將手中那疊報表推到于進面前。

「找到啥？」于進一頭霧水，報表上一堆化學符號、專有名詞，他怎麼可能看得懂？

袁日霏也是一時心急，才會一股腦將報表塞給于進，稍微緩了緩心神，她連忙開口說明。

「我做了浮游生物檢驗，結果當中的水藻分布與在河濱公園採取到的水樣並不相同，甚至和上流水域也不完全相符，除了淡水之外，還有海水。」

「海水？」于進一愣，和鳳簫訝異地互看一眼，再望向袁日霏，靜待她繼續解說。

「嗯，提取出了只有海水中才會出現的水藻種，另外，也有在完全避光的環境下才會出現的幼蟲。」

「完全避光的環境？海水？也有淡水？所以，袁局不是在河濱公園溺死或被拋屍的？」

「這倒未必，在河濱公園溺死是有可能的，因爲沒辦法直接檢驗肺部，所以僅能由身上和指甲裡的檢體來做判斷。」袁日霏將那疊于進和鳳簫應該看不懂的文件攤開，在上面一一用紅筆標注，另外又攤開一張地圖。

「簡單地說，由於目前檢驗出的浮游生物種類太多太複雜，與河濱公園那樣的淡水水域大不相同，所以能夠確定的是，無論遺體在哪溺斃或被拋屍，都曾經待過別的水域，河濱公園這個發現地可能只是第二或第三地點。」

「這麼大費周章，遺體還是赤裸狀態，究竟是爲了什麼啊？」于進的疑問沒有人能回答。

「總之，我比對了一下，就現有的線索來判斷，遺體曾經待在陰暗的海水裡。」袁日霏並未浪費時間在沒有解答的問題上糾結，趕緊說明目前掌握到的資訊。

「陰暗的海水？深海？」鳳簫問。

「不，比對水質的含量與成分，不是深海，比較像是河流出海的交界處，才會具備如此多樣性的水藻種類與浮游生物，酸鹼度也符合。」

「又要河，又要陰暗，又要海，這什麼鬼地方啊？」于進越聽越納悶了。

「眞有這種地方，就在這裡。」袁日霏拿著紅筆，在攤開的地圖上畫了一個大圈。

「這裡？這麼遠？」于進望著那少說離他們目前所在位置有一百公里的地方，不可置信。這運屍工程也太龐大了吧？

「對，就是這裡，這裡地形比較特別，是喀斯特地形（注），主要是地表水沿著石灰岩內的節理面或裂隙發生溶蝕現象，將石灰岩層溶蝕出越來越大的溶溝或溶槽，然後這些地表水又沿著溶溝往下流，和地下水作用，漸漸匯聚成一條不見天日的地下河。剛好臺灣又是個海島，這條地下河有流出海，地下河與海面交界處才會形成一個如此多樣複雜的環境。」

「噢，這樣啊。」于進點頭，其實聽得有點模糊，對這種太學術性的東西一知半解。當初在學校裡學的地理知識早就統統還給老師了。

鳳簫側顏專注聆聽，一方面留意著袁正輔靈體的動靜，一方面思索著什麼。

這種地理環境、這種條件……

「鳳六，你不是說過，那亂葬墳崗上養著許多屍人嗎？」袁日霏轉頭問鳳簫。

「是。」鳳簫應聲，他就知道袁日霏向來聰穎，肯定也想到了。

「那我們目前遇過的奇怪現場，不是都有一碗水嗎？」

「對。」鳳簫頷首。

「那恰巧就有這麼一個地方，完整保有了地下河由山入海的地形，附近不乏濫葬墳崗，而地下河長年陰暗，出海之後就照得到陽光……」袁日霏試探地道。

她這麼一提及，鳳簫曾說過的話陡然清晰了起來。

「陰水指的通常是照不到太陽的水，比如井水、地下水。而陽水則是指照得到太陽的、流動的水，比如河水、海水。陰陽水即是各取一半的半陰半陽之水，用來讓小鬼踏陰入陽，能夠憑已死之軀在陽間爲人控靈辦事。」

「陰陽水！」于進接話，驀然大吼。

「對，這個地方相當合適，確實很有可能是對方的藏匿處。」鳳簫點頭。這正是他在思忖的事情，要養滿山岡的屍人，此處的確是最佳選擇。

「袁法醫，妳太棒了！」膠著了這麼久，終於看到一線曙光，于進吆喝出聲，喜出望外。

「我們走！」于進提步高呼。

鳳簫偏睟，袁正輔的身影在姚眞座位旁化作輕煙，已然逸去無蹤。

注　喀斯特地形：取材自菲律賓巴拉望地下河，臺灣並無此種喀斯特地下河地形。

第二十三章

事不宜遲，于進、袁日霏、鳳簫立刻動身前往地下河所在之處。

地下河入口隱匿於石灰岩山壁之下，峭壁怪石嶙峋、高聳壯麗，河水入海處成波綠浪翻湧，不斷拍打著岸邊，波光粼粼。

三人穿越入口前端的叢林路，沿途鬱鬱蔥蔥，林海盤根錯節，頗有世外桃源之感，可三人現下哪有欣賞景色的興致，皆是沿路打量，探看是否有不尋常之處，鳳簫更是全神戒備，提高警覺，然而一路上風平浪靜，悄無聲響，什麼動靜也沒有。

「怎樣？」于進問鳳簫。

鳳簫左顧右盼，確定真沒任何咒術陣法的痕跡，果斷搖頭。

「弄隻船來，進去看看？」于進指著洞穴內的地下河，出聲詢問。

地下河地處偏僻，目前並未因地形特殊發展成觀光景點，少有人煙，可海岸周旁卻有幾艘小船停放，不知是何用途。情非得已，于進不得不打起那幾艘小船的主意。

「好，你去。」鳳簫點頭，說得順理成章。

「又我？什麼都我！呿！不跟你計較。」于進也不知是被鳳簫虐習慣了還是怎樣，抱怨歸抱怨，嘀嘀咕咕，倒是很快弄了艘小船來，不忘拿個石頭壓了張千元鈔在小船原本的停放處，當作暫借費用，隨即招呼袁日霏與鳳簫上船。

于進與鳳簫一人一槳，分別坐在船頭及船尾，將帶著相驗包的袁日霏護在中間，划槳前行。

船隻一進溶洞，洞穴內暗無天日，伸手不見五指，袁日霏連忙打開手電筒照明。

「啪──啪啪──」

光線驚擾了洞穴內的蝙蝠，拍翅聲瞬起，幾隻蝙蝠俯衝而下，在河面盪起片片水花。

「媽啊！」執槳划船的于進伸手揮開幾隻往身上衝來的蝙蝠，顯然被嚇了一跳。

「于隊，冷靜點。」袁日霏拍了拍于進，其實她反而被于進嚇得更厲害，鳳簫則是已經懶得再花時間力氣鄙視于進了。

堂堂一個小隊長，即使再害怕也不要表現出來呀！

三人視線逐漸適應黑暗之後，只見洞穴內鐘乳石林、石筍林立，充滿著拔地而起的、從天而降的奇岩怪石，黑壓壓的洞壁內布滿蝙蝠，洞壁上一條條的皆是蝙蝠排泄物落下的痕跡，撲鼻盡是地下水獨有的氣味，混合著陰暗潮濕的氣息。

「眞難聞……」于進掩鼻抱怨，袁日霏與鳳簫雖然也因此皺眉，卻沒多說什麼。

小船持續在黑暗中前進，三人精神高度緊繃，一路無語。時間分分秒秒流逝，分外難熬，直到前方洞壁上出現幾朵血色花朵。

暗不見天日的洞壁內開出鮮豔花朵，搭配著詭異的環境與刺鼻的味道，簡直太令人毛骨悚然了。

「這花很眼熟，好像前陣子才見過……」于進抬頭望著出現在此時此刻，顯得無比陰森、無比出格的花朵，總覺有點熟悉。

「彼岸花？」袁日霏接話。雖然光線幽暗，她仍記得這觸目驚心的紅，和季光奇家門口懸掛的紅花一樣。

她這麼一說，于進便想起來了。

袁日霏與于進同時望向鳳簫，想詢問他的看法，卻發現鳳簫睫毛半掩，手中燦然生光，桃木劍赫然在手。

桃木劍又出現了！

袁日霏與于進同時一愣，尚不及反應，鳳簫已經在船身旁揮劍比劃，開始動作。

「開天門，閉地戶，留人門，塞鬼路！」他手掐咒訣，斜劍一指，劍尖同時落向空中、水面幾處，劍氣所及之處皆爲靈力震盪。

霎時，溶洞內充盈耀眼光芒，洞壁落下許多石屑及粉塵，在地下河面激起漣漪，拍起陣陣水花。

「六甲輔我，三臺辟非，天回地轉，陰陽辟開！」鳳簫站直身體，腳踏船首，一舉反轉劍柄，將桃木劍插入水中。

「嘩——」

倏地，船身晃盪，以桃木劍所指之處爲中心，水流迅速往旁衝湧後退，船身周旁水位越降越低，船身跟著越降越低，不多時便擘出一塊半圓之地，船隻喀一聲觸及河底。

「靠！摩西開紅海啊！」于進下巴簡直快掉下來，現在就算鳳簫告訴他練過什麼亂七八糟的如來神掌或是黑龍波、波動拳，他都信。

「開你妹啊！噁心巴拉看著我做什麼？我帥氣也不是一天兩天的事了，快下船！」鳳簫跳下船，命令船上目瞪口呆的兩人，伸手牽袁日霏，出聲罵于進，將厚此薄彼這句話發揮得相當徹底。

「好好好，小鳳鳳，你好帥氣。」于進跳下船，決定噁心鳳簫一把。

「滾吧你。」鳳簫沒好氣，眞被噁心到了。

「現在呢？我們該怎麼辦？」袁日霏決定對這兩人幼稚至極的舉止視而不見。踩在河底的感受太奇異，足底踏著河底淤泥，四周是明明沒被任何東西阻絕，卻無法流動過來的水壁。

袁日霏不禁伸指戳了戳眼前水牆，確認手指的觸感眞是水沒有錯。這實在太不科學了……

「還沒完呢。」確定袁日霏和于進都下船站定後，鳳簫目光流轉，將前後左右四個方位掃過一遍，最後停留在地面上某處。

袁日霏和于進的視線跟著落在同一個地方，不知道他要做什麼，也不敢出聲打擾。

鳳簫眼望四方，觀察了好一會兒，手中桃木劍往地上一指，劍尖點地，快速舞動，雙腳也踏著步伐走位，身形靈動飄忽，彷彿正畫著什麼圖形，沉聲念咒。

「下通幽冥，吾行禹步，破！」

半晌，鬆軟河泥上竟有好幾處透出微光，數點匯聚成線，頓時浮出一個妖異陣形，似乎是五芒星，又似乎不是，總之像電視裡會看到的魔法陣還什麼亂七八糟的東西，將他們三人網羅其中。

「這啥？」于進不明所以地望著地上兜圍住他們的圖形，陣中靈光突地乍現，地面震晃。

「站好了。」鳳簫出言提醒，可于進與袁日霏全無心理準備，已經來不及了。

「哇！」眼前白光一閃，于進驚叫，險些跌倒。

「怎麼回事？」袁日霏下意識抓住鳳簫手臂，連忙穩住身體。

兩人一陣慌亂，不過眨個眼的瞬間，感覺身體晃動了幾下，再睜開眼時，眼前景色已與方才大不相同。

袁日霏眼睫眨了好幾下，于進伸手揉眼，這哪裡還是剛剛烏漆抹黑的地下河底？眼前滿山遍野的綠，深綠淺綠翠綠青綠，松樹柏樹楓樹灌木，蟲鳴鳥叫，林香花香。腳下踏的是青草土泥，拂過肌膚的是沁涼微風。

山。

他們的立足點無疑是座山。

「拍電影啊？瞬間移動？」于進瞠目結舌，又開始嚷嚷了。

「這……」袁日霏說不出話來。誰能想像得到海面下別有洞天，轉眼竟成山崗。

鳳簫矮身捏起地上一把土，握在手裡，感知上頭殘存的對方靈氣，勾唇一笑——皇天果真不負苦心人，終於找到了。

「這是怎麼辦到的？」稍稍緩過心神，袁日霏問。

「對方既需要陰陽水，又需要濫葬墳崗上的屍體，所以利用陣法將兩個空間結合在一塊，並將入口隱蔽在地下河裡。破了河底陣法，找到入口，就進來了。」鳳簫言簡意賅地說。

「像哆啦A夢的任意門那樣？」于進也算聯想力豐富了。

「……大致上對。」鳳簫有點無言，一時間卻找不到其他話來反駁。

任意門？修煉了那麼久才能習得的道術，居然被一句任意門就帶過了？要是真有任意門，誰倒是快發明出來啊！

「那你早拿任意門出來用，我們何必找這裡找得那麼辛苦？」于進抱怨。

「就算是任意門，也要知道目的地在哪，才能知道把門開向哪裡。」鳳簫鄙視。

「你白痴嗎？對，我忘了你就是白痴。」

「你才白痴！你全家——」

眼看鳳簫又要把手機拿出來撥打，不用想也知道是要打給鳳五，袁日霏險些崩潰，一把搶過手機。

「你們別玩了！」袁日霏炸開。都什麼時候了還玩？這招坑不膩嗎？要不要這麼幼稚啊？

「咦？這裡手機收不到訊號？」拿著手機，瞥了螢幕一眼，袁日霏驀然發現這件事。

「既然收不到訊號，對個時，以防萬一。」鳳簫抬手，這才驚覺天色已經微微暗下。

地下河這裡距離刑警局路途遙遠，一路奔波下來，現在時間已近傍晚，天幕逐漸轉黑。

「好。」三人迅速將腕錶時間調為一致。

「這裡就是我當初為你守燭時，你來過的地方？」袁日霏確認。

「是。」鳳簫頷首。

「太好了，總算找到了。那走吧，我們進去，從哪裡走？」于進永遠一馬當先。

「等等。」鳳簫望著眼前樹林內密密麻麻的紅色纏魂絲，一把抓住于進後領，阻止他躁進。

畢竟上回來這裡，身旁的人是同樣具備靈能的鳳二，這次換成了于進與袁日霏兩個凡人，一點磕碰都禁不起，小心為上。

「在這裡等我，馬上回來。」他先在于進身上牢牢施加幾道護咒，再加強了袁日霏右耳上指印的威力，接著足尖一蹬，躍上樹頭，辨別內外陣方位，掐指算出陣形走向。

「好了，來，聽我說。我們現在要往西方前進，距離目的地大約有兩公里，在外陣生門方位變換、進入內陣前，我們有五十分鐘的時間，雖然有點緊迫，但應該尚可應付——」鳳簫視察完畢，從枝椏上躍下，回到原地。

除了目前景況，他還必須向于進和袁日霏詳加解釋前次實際碰到的情況，令他們更加明白如今的處境，包含纏魂絲、內陣外陣，以及突然出現的鈴音和屍人，好讓他們有個心理準備。

「纏魂絲？就是前面那些蜘蛛網似的紅線？」于進聽完之後，望著前方糾結交纏的大量紅色絲線，問。

「你看得見？」鳳簫一怔，有些訝異，又轉頭睞向袁日霏。

「我也看得見。」袁日霏明白鳳簫想問什麼。

鳳簫偏首思忖，或許是像當時在季光奇家中一樣，由於氣場已經受到靈力干擾，才會造成這種凡人麻瓜也能見到陣術咒法的情狀。

也好，明槍易躲，暗箭難防，看得見總比看不見好。

「對，那些紅線就是纏魂絲，別管它是幹麼用的，別碰就是了。跟著我，我們一步步繞過去。」鳳簫再次提醒。

「好。」于進與袁日霏同時頷首，亦步亦趨地跟隨。

三人連大氣也不敢喘一口，沿途小心翼翼、步步為營地穿過纏魂絲陣，途中有驚無險，一路順遂，僅僅驚動了幾隻鳥獸，很快就突破了外陣生門。

鳳簫原本預估這段路程約莫得花上四十分鐘，沒想到三十餘分便達成了，毫無阻礙。

太順利了，順利得令人心生不祥。眼看內陣入口就在前方不遠處，鳳簫卻牢牢抓緊著桃木劍，渾身靈能蓄勢待發，絲毫不敢掉以輕心。

「這就到了？」袁日霏不可置信地問。

「前面那個地方就是所謂的內陣？」于進也有些不敢相信。

「對，就是那裡。我們走，提高警覺，小心埋伏。」鳳簫留意著是否有鈴聲閃現，周旁是否出現屍人，出聲提醒。

「好——咦？啊——靠靠靠！這啥？」于進才應完聲，前腳底下泥土一鬆，竟像踩進流沙，半截小腿肚瞬間沒入土裡。

流沙？這裡？怎麼可能？袁日霏腦中開始拆解起流沙的構成與組成，怎麼想都覺得不科學。但算了，不可理喻的事情還差這樁嗎？

「于隊，抓住我，快！」于進亟欲抽腿，後腳站穩維持重心，連忙往後退，袁日霏本能攙住他手臂。

于進借力往上蹬，正要脫出，冷不防感到一股拉力，低頭一望，居然有隻死白中透著慘綠的手抓住他腳踝，拚命將他往下拉。

「靠靠靠！」于進大驚失色，又是罵聲連連，使力掙脫，鳳簫一個刀訣打來，地上那隻手瞬間竄回土裡。

袁日霏乘隙將于進拉出來，不遠處接著竄出另一隻手、第二隻手、第三隻……眨眼間地面嗶剝龜裂，成群肢體扭曲、面色青綠的屍人破土而出，擺動著極度不自然且僵硬的四肢，蜂擁而至。

這數量也太驚人了！他前陣子才設壇肅清對方崗上屍人，雖說不至於全數盡滅，但怎會轉瞬間又生出這麼許多？鳳簫眉目一凜。

「活屍電影啊根本！」于進嚷歸嚷，手上動作倒是很快，一把抽出槍袋內的刑警制式配槍華瑟ＰＰＱ，上膛、瞄準——磅！

被擊中的屍人身軀一顫，搖晃了會兒，又跌跌撞撞地撲過來，子彈根本毫無作用。

「我知道，跟電玩一樣，要打頭對不對？」于進也不知道在跟誰說話，不死心地往屍人頭部再開了一槍，精準地轟中對方腦袋，爆出一堆不確定是腦漿還是屍塊的噁心物體。

「叫我神槍手。」見屍人中彈，腳步踉蹌，于進得意洋洋，覺得自己槍法真是準得不得了，然而沒得意太久，面前被轟中腦袋的屍人扶了扶搖搖欲墜的頭，擺動著扭曲的屍身，竟百折不撓地繼續向前行。

「靠！完全沒用嘛！」于進很想賭氣地多開幾槍，跟對方拚個你死我活，但轉念又想，他身上僅有出勤時配發的二十四顆子彈，實在不好輕易浪費。

「到後面去。」鳳簫將于進和袁日霏往後一推，揚起桃木劍在他們身旁地面畫了圓，接著高舉桃木劍往地上重重一拍，劍氣盪出好幾道圓弧狀的塵波，土石飛揚，朝這裡湧來的屍人們紛紛被震得後退。

「待在結界裡，別出來。」鳳簫話一說完，左手仍握著桃木劍，右手靈光一閃，浮空生出長鞭，人迅速往前奔去。

提到結界，再連結到鳳簫在他們周邊畫圓的舉措，袁日霏與于進立刻明白鳳簫在他們身周立了道屛障，好讓屍人們無法靠近他們。

「一人表現，他耍什麼帥啊？」于進咕噥，轉頭向袁日霏抱怨。

袁日霏沒有回話，掌心卻抓著防身用的那把解剖刀，捏握得死緊，和于進無奈且複雜地相視了一眼。

她知道，于進只是因爲不能幫上鳳簫的忙而懊惱非常，和她此刻的心情一樣。

明明很想做點什麼，偏偏面對的是自己無法對抗的東西，硬拚只是拖累鳳簫，因此僅能這樣站在原地，眼睜睜望著鳳簫單槍匹馬地迎戰。

鳳簫放低重心，向前疾奔，左手桃木劍，右手長鞭，方才被他劍氣震得後退的屍人們捲土重來，毫不死心地聚攏攻向他。

鳳簫一鞭掃倒三個屍人，桃木劍一揚，瞬間砍下其中一名屍人的腦袋；長鞭一揮，另外兩名屍人霎時被他鞭得肉綻骨裂。

其餘屍人發出悲鳴怒吼，發狂似的伸手撕抓，陸續朝他接近。

鳳簫身形靈動，足尖一點，跳躍避開攻擊，踩踏上一名屍人的肩膀，揮劍砍落它頭顱；跳下地面，桃木劍往前一伸，轉瞬又刺穿一名屍人的心臟。

就這麼一劍一挑、一鞭一捲，手起鞭落，湧上的屍人們若不是被他砍下頭顱，就是被他鞭倒在地，肉綻骨裂，連重新站起的機會也沒有。

「武俠片？好好好，鋒頭都給他出就好了啊！就他最帥了！」結界內的于進猶在心裡不平衡，趁機明褒暗貶地偷罵鳳簫兩句。

「于隊，小心！」結界外的地面驀然鬆動，竟然又有屍人破土而出，屍人僵硬的腦袋一轉，視線捕捉到于進與袁日霏的身影，一出土便探手抓向于進的方向，袁日霏連忙將于進往後拉。

「嚇！」于進嚇了一跳，驚魂甫定，忽而反應過來：「咦？我們不是在結界內嗎？不是說結界外的生物應該看不到裡面嗎？那些屍看得見我們？該不會其實他們進得來吧？」

于進才說完，剛剛想攻擊他的那個屍人發現無法走近他們，竟然驅動著搖晃的身子，一遍又一遍地往這裡撞。

它撞了幾次，都像硬生生被一堵空氣牆彈開一樣，無法撞進結界半步，可它沒放棄，像沒有自主意識的機械人般，猶在一下一下繼續撞。

緊接著，地面又有幾處出現鬆動，泥土下冒出幾具噁心的屍，一出土就紛紛加入了撞開結界的行列。

雖然目前這些屍僅是徒勞無功，沒能真正撞進來，但看著一堆屍就在眼前張牙舞爪仍是十分恐怖，于進牢牢捉握著佩槍，袁日霏則牢牢捉握著解剖刀，兩人都已經作好隨時攻擊或是隨時逃跑的準備。

不遠處的鳳簫身邊還糾纏著幾具屍，注意到于進與袁日霏這頭動靜，連忙放下那幾具屍不顧，迅捷往這裡衝來。

說時遲那時快，此刻結界鬆動，一名屍人由下方探進了一隻手，眼看就要抓到于進，忽有一柄桃木劍迅疾直飛而來，正中屍人手背，將屍人牢牢釘在地上。

桃木劍劍泛藍光，插在屍人手背上，和那慘澹的膚色形成強烈對比，有點詭異，又有點噁心。

旁邊那群屍人見狀更加躁動，發出怒不可抑的吼叫，偏偏又忌憚著桃木劍發出的刺目光芒，一時間不敢接近。

「這……」于進不知該如何是好，這時候是要把鳳簫的桃木劍拔起來，還是繼續插在那裡？

他和袁日霏又該怎麼做比較好？逃跑？或者趁機補其他屍人們幾刀或幾槍？

于進和袁日霏還沒拿捏出主意，鳳簫已經風風火火地回到他們身邊，抽起桃木劍，迅速俐落地斬殺了旁邊的屍群。

「刀借我。」鳳簫伸手向袁日霏要她手上那把解剖刀。

袁日霏一愣，雖不明所以，仍立刻將刀遞給他，沒想到鳳簫一接過，竟瞬間往自己的手臂劃，皮膚上冒出點點血花。

「你做什麼！」袁日霏睜大雙眼。

鳳簫神情專注，沒有回答，僅是以桃木劍尖蘸上自己的血，在前方地面畫出一條界線。後頭湧上的屍人們這回完全無法越線，甚至無法像剛剛那樣試圖以身體撞開結界，因爲它們只要一靠近，渾身便彷彿被燒痛灼傷，皮膚甚至散發出陣陣焦味與黑煙，本就斑駁的皮膚一片片脫落。

「這麼好用？」于進驚嘆了聲，伸手抹過鳳簫手臂上的血跡，一把抹在自己的PPQ手槍上。

「做什麼你？」鳳簫瞪于進。

「試試。」于進白牙一閃，磅！子彈已經射向一名屍人的腦袋。

這回，被擊中的屍人腳步一拐，身軀跌地，復又站起，跌跌撞撞了幾步後，頹然倒下，抽搐了會兒，徹底不動，顯然死透了。

「槍上沾了你的血也可以？真這麼神？簡直是Minecraft的附魔啊！袁法醫，快抽他幾管血來用！」于進樂呵呵的，不知道又在胡說八道什麼。

袁日霏和鳳簫完全不想弄懂于進口中的Minecraft和附魔是什麼，也沒人理他抽鳳簫幾管血的提議，兩人不約而同地望了眼腕錶。

「時間還夠嗎？你說的那個內陣方位不是會變換？我們是不是得抓緊時間進去了？」袁日霏發話。

時間所剩不多，天色也已完全暗下，兩旁屍人卻仍絡繹不絕地從地底爬出，圍繞在鳳簫以血畫出的那道結界前，前仆後繼地湧上，再前仆後繼地倒下，縱使一時半刻無法接近，然而它們毫不放棄，源源不斷，簡直沒完沒了。

「雖然距離不遠，但我沒辦法一邊畫著結界，一邊領著你們往前走，而若是將你們留在原地，雖然結界蘸了鳳家血，效力翻倍，也難保能穩固到不被衝開……坦白說，我從沒遇過這樣的狀況，並不知道結界能為你們撐持多久。」鳳簫眉頭深鎖，藍紫色的眼瞳裡充滿力猶未逮的懊惱。

他一路走來，在斬妖除魔這條道上所向披靡，真沒面臨過如此棘手的難題。

「沒時間了，你保護袁法醫就好，我掩護你們！你們快走！」于進也看了眼手錶，見距離鳳簫所說的時限只剩下五分鐘不到，當機立斷。

「這種情況怎麼能扔下你？」這麼多屍人，怎可能全身而退？袁日霏率先拒絕。

「都到這裡了，難道又眼睜睜看著對方跑掉嗎？再說，你們也看見了，我的槍有用的，剛剛才開了三槍，現在還有二十一發子彈咧。」于進眼神堅定，充滿決心與魄力。

鳳簫沒有立刻回話，顯然還在猶豫。

「別婆媽了！」于進露齒一笑，將他們往後一推，自己向前站了幾步，拿穩配槍。「快走！鳳六，你不是說我福緣深厚、沙場有功，這輩子注定要加官晉爵、功勳蓋身嗎？我現在什麼官什麼功都還沒有，怎麼可能現在就死？是不是？」

權衡之下，鳳簫當然明白于進說的是對的。

「鳳六。」

「幹麼？」

「我一直當你是兄弟。」

「白痴。撐住，別死得太快。」

「你才別死，白痴。」

「三魂佐衛，七魄隨行！」鳳簫摟住袁日霏，帶著她往上竄跳，踏著枝椏樹幹朝內陣入口疾奔。臨行前，他舞臂念咒，彈指間召出兩隻身形比上回小了些許的紫羽焰鳥，一隻展翅飛向天際，霎時不見蹤影，另一隻則擋在于進身前，奮力鼓翅。

「轟——」

鳳簫與袁日霏的身影一瞬即過，綠林掩住的內陣入口轉眼不見蹤影。

于進前頭全是面目噁心的屍群，一夫當關！

第二十四章

袁日霏與鳳簫衝進內陣。

鳳簫腳步未停，髮絲全是汗水，雙唇緊抿，一雙漂亮的異色瞳眸裡盪漾著許多複雜的心緒。

袁日霏抬眼，沉默地注視著他，沒有細問他方才召出那兩隻紫羽焰鳥的功用，也不需要問。

總歸是好的、有助益的，他才會做，她知道。

他擔憂她、擔憂于進，她也是知道的。

于進說一直當鳳六是兄弟，鳳六又何嘗不是？

他沒有說，可她就是明白，那過於凝重的神色，隱藏得很好的擔憂與自責，在在顯示出他對於無法兼顧于進的懊惱。

「我不怕，所以你也別怕。」袁日霏主動執起他略顯冰涼的手，驀然開口。

就是想令他安心，想令他無後顧之憂，想爲他做點什麼，於是選擇這麼說，很努力地想讓他知道。

「誰怕了？」鳳簫淡漠地瞪她一眼，胸口卻因她的聰慧感到窩心泛暖。

他不怕嗎？怎麼可能。他確實是怕的，她一如既往地知他、懂他、了解他，卻又不戳破得太深。

他怕，真的很怕。

怕來不及救于進，怕就連袁日霏都有什麼閃失……

若只有他一個人便罷，如今其他兩人都得仰仗他，如何不怕？

他一路走來，不過也就袁日霏與于進兩個知心人……他總想人人保護、事事周全，可世事哪能盡如人意？眼下的于進便是一例。

念及至此，他更加心疼袁日霏的遭遇與經歷。她自責害死養母、自責害死養父，她明明這麼平凡，卻和他一樣，肩上扛著的包袱比一般人重了許多。

「走吧，趕快解決這些事情，趕緊找到對方，我們還要回去救于隊，還有……」袁日霏向他輕淺一笑，頓了頓，右眼皮上的小小紅痣險些勾去他心魂，又道：「我還欠你一個回答。」

鳳簫一怔，有些錯愕，沒想到袁日霏會在此刻提起這件事，有點困窘，又有點開心。不過現在想什麼都是多餘的，確實得趕緊克服眼前的難關。

不管前頭是什麼，都得除盡！

「走！」鳳簫握緊雙拳，渾身靈力蓄勢待發。

兩人同行，越往前走，景色越陰森，又是雷又是風又是霧，雖已打開了手電筒照明，能見度仍然十分有限，天色完全暗下的森林中有狂雷驚閃，氛圍詭譎。

「等等，停。」走了一會，鳳簫拉著袁日霏停下，靜心打量四周。

這內陣眼下看來除了天候異常，全無風吹草動，實則步步驚心，不容小覷，這才走了一會兒，便已感受到非比尋常。

寫滿符咒的旗幡按照四方，布置成青龍、白虎、朱雀、玄武的形狀，分別為青色、黃色、紅色、黑色。

東西南北四方，對應震兌離坎四卦，前後左右分別是誅仙門、陷仙門、戮仙門、絕仙門，門中有雷風火霧，對應四象。

誅仙劍陣。

上古第一殺陣，主宰天道殺伐的無上陣法。

出動這等大陣來對付他也算是很給他面子，鳳簫雖因袁日霏在側而感到憂慮，一方面卻也因好戰鬥法的本能顯得有些興奮。

「待在這裡，保護好自己。」

「好。」

鳳簫安頓好袁日霏並交代完，信手將桃木劍往前一拋，桃木劍並未立時往下墜，竟是閃動著奪目紫光，一動也不動地懸浮在半空中。

鳳簫雙手結印，口中喃喃唸咒，桃木劍霎時一分為二、為三、為四、為五……倏然間化作好幾道劍影，朝四面八方衝去。

桃木劍飛晃一圈，數道劍影合而為一，瞬間又回到鳳簫手中，鳳簫反手握緊劍柄，提身縱跳，率先挑向誅仙門。

入陣者死！

誅仙劍陣啟動。

誅仙劍、陷仙劍、戮仙劍、絕仙劍，四門分別皆有一劍、一獸坐鎮，圍繞著陣中八卦臺，林中陰風息息、怪霧慘慘，風雷火霧瞬間疾起，陣中林木頓成銅牆鐵壁。

誅仙門前有青龍蟠踞，龍形魁梧霸氣，龍目不瞪自威，身軀駭人。

青龍方才為桃木劍驚擾，早已擺出備戰姿態，巨大龍口一張，吐息成雷，一道道凌厲在鳳簫身旁劈下。

鳳簫微吸口氣，氣運於足，東躲西閃，上竄下跳，身形靈動飄忽，一個敏捷躍起，又一個漂亮的翻滾落地，一一避過青龍的雷鳴電光。

「吼——」

青龍幾番攻擊失利，氣憤難平，仰天長嘯，擺動巨大的龍身，移動起來竟毫不笨拙，龍尾拍地，欲將鳳簫一舉拍成肉泥。

鳳簫長身一跳，劍眉微軒，在半空中左臂一展，桃木劍催勁橫掃，千道劍氣應時而生，飛騰起萬千光帶，扎扎實實地刺進青龍後背。

「吼咿——」

青龍吃痛嘶鳴，張口落雷，雷勢來得比方才更猛更急。

說時遲那時快，青龍身後的誅仙巨劍同時發動攻擊，寒光一閃，急遽朝鳳簫攻去！

鳳簫立刻往後挪跳，為了避開巨劍與落雷，硬生生被逼退了好幾步。為穩住踉蹌的身體，他足底接觸地面的地方泥沙飛揚，嘎嘰一聲在泥土地上留下兩道銳利鞋痕。

青龍乘勝追擊，探爪來抓，傾身欲咬；誅仙巨劍嘯鳴，更是舞動著銀光連番劈砍。

鳳簫被一連串攻勢逼退得翻滾在地，只得就地尋找掩護，視線轉了幾圈，尋得一個間不容髮的空隙，右手長鞭迅起，捲地一掃，勾纏龍足，趁著青龍掙扎之時凝神布訣，對著青龍下了縛咒。

中！

中了縛咒，青龍短時間內動彈不得，機不可失，鳳簫斜轉身子，踩向身旁樹幹枝椏，借力上跳，迅捷踏過龍首，站在青龍背上，提劍沒入龍骨。

「咿啊——」

青龍悲鳴長嘯，霎時化為萬千光點，誅仙巨劍同時頹然倒下，逸散成煙。

誅仙門破，鳳簫一刻也沒有耽擱，立刻奔往距離較近的南方戮仙門。

戮仙門前由朱雀聖獸駐守，周旁竄燃熊熊烈焰，紅光奔騰。

見生人來犯，朱雀朝天啼鳴，揮翅拍動，疾衝而來，鳳簫直挺挺地站立著，文風未動，竟毫無閃躲之意。

朱雀鼓翅強襲，宏大鳥身迅速接近，戰意正昂，揮翅想要掃翻來人，豔紅鳥目瞅了瞅，雙翼動作卻陡然慢下，居然就這麼停止攻擊，連身後的戮仙巨劍也不為所動，劍尖朝下，好端端地待在劍鞘內，戰意蕩然無存。

「好孩子。」鳳簫手心向上，伸指微勾，朱雀收聚雙翼，親暱地朝鳳簫走來，溫馴無比地挨在他身旁。

鳳簫摸了摸朱雀赤紅色的鳥羽，唇角輕揚。

鳳家人從母姓，一直延續著「鳳」這個姓氏，自是因爲得天所授，視爲朱雀之主，爲朱雀之力所庇，無論是誰擺的陣都一樣。

「來！」鳳簫提步一跳，躍上朱雀後背，朱雀乖巧順服，瞬間被鳳簫納爲所用。刻不容緩，鳳簫乘著朱雀攻往西方陷仙門。

陷仙門對應西方兌位，由五行屬金的聖獸白虎看守。

火能剋金，得朱雀之力相助，朱雀振翅所及之處紅浪翻滾。

一連串火焰捲起塵土、濺起沙石，炸出濃煙氣浪，舉目所見皆成烈焰火海，頓時將整個陷仙門燒盡成灰，一舉殲滅白虎與陷仙巨劍。

破！

鳳簫頃刻間便破了誅仙、戮仙、陷仙三門，乘著朱雀衝向最後一關由玄武駐守的絕仙門。

「吼——」

身軀龐然的巨獸玄武氣宇軒昂地立在門前，霸氣萬千。

朱雀挾帶著方才的凶猛攻勢，振翅燃焰，空中布滿密密麻麻的火焰之雨，未料火光尚未落下，玄武張嘴嘯吼，口中立時噴發出萬丈水盾，形成牢不可破的障壁，一一吃下點點星火。

這一幕並不意外，玄武爲龜蛇合體，四象中屬水，水能剋火，恰好剋制火象朱雀，具有絕對的屬性優勢，對鳳簫與朱雀而言則是大爲不利。

鳳簫唇角一挑，從朱雀背上躍下，吟誦咒語，張手作訣，令朱雀化作式神，收聚歸元，將朱雀靈力納爲己用，必要時再召喚而出。

「咻咻咻——」

這頭的玄武可沒閒著，一見鳳簫落單，登時啟動術法噴發猛暴水箭，強襲而來。電光石火之間，暴雨成箭，觸目所及全是強力水柱，被撕裂的空氣彷彿發出高頻鳴響，銳不可當。

鳳簫壓低身體，扭身落地翻滾，彈指成盾，閃身避讓，藍紫色的靈力大盾彈開所有箭雨，可玄武後招已至，又一記急流怒濤衝來，欲破鳳簫靈盾。

「嘖，不過一隻蛇不蛇龜不龜的東西，居然這麼囂張？」鳳簫左手桃木劍鋒一抹，一道弧線畫出，急流水面被他強勢劈開，捲帶著強大風壓，朝玄武疾捲而去，氣勢逼人。

玄武側身閃避，見鳳簫藉著他的攻擊來反擊，怒氣勃發，正要凝聚新一波攻擊，未料地面泥土霎時鬆動，一道寒光陡然立起，玄武腳邊猝然殺出一柄桃木劍。

「唰唰唰唰唰——」

玄武連忙挪動腳步，可腳邊桃木劍竟一柄柄竄出，攻勢凌厲。鳳簫嘴角輕揚，傲視玄武移動著笨重的身軀左騰右移。

戰！

鳳簫雙手迅速結印，刀訣、劍訣、縛咒，一個接一個，連綿不絕地齊齊打去。

「砰——」

最後一記殺招衝去，造山裂地！

土剋水，鳳簫充分運用五行相剋的道理，使出了土系大招。玄武周邊土地龜裂爆開，左衝右突，掀湧滾滾土浪，捲起一條黃沙巨龍，滿天塵泥翻飛。

趁著玄武方寸大亂，鳳簫提氣奔跳，一個衝刺撞擊，連人帶劍直接殺過去，瞬間將玄武震翻在地。

勝利在望，空氣中突然響起一道喀嚓聲響，像是巨劍出鞘的聲音。

糟！戰得歡快，忘了留意絕仙巨劍的所在！

鳳簫心下一突，正欲躲閃，說時遲那時快，玄武噴出無數道猛暴冰箭，吐息成咒，咒術光紋閃爍，瞬間將冰箭凝結成牢，兜頭朝鳳簫罩下。

鳳簫眼睫一抬，正要掐指念訣，背後絕仙巨箭乘隙攻來。來不及了！

來不及了！

于進單膝跪地，猛然吐出幾口鮮血，已經用盡全身最後一絲力氣，看來今天真的要交代在這裡。

蘸血的結界已被成群屍人攻破，屍群見獵心喜地湧上，奮力朝于進胡亂撕抓。

于進早已用掉最後一發子彈，僅能赤手空拳地與屍人們拚搏，渾身浴血，臉上、四肢皆有好幾處被抓傷咬破，傷口發黑透爛，汩汩流出黑血。

「可惡的鳳六，什麼沙場有功、加官晉爵？老是算不準，你這臭小子又騙我……」于進剛強不撓，奮戰至最後一刻，居然還有力氣吐槽與自嘲，癱軟地趴跌在地。

「你和袁法醫那邊怎麼樣了？要贏啊……」于進喃喃囈語。

眼看于進就要被成群屍人撕爛啃碎，電光石火之間，一道大盾凌空打來，擋在他身前，震飛了屍群。

天際間忽有紫羽焰鳥俯衝而下，風馳電掣飛來，振翅鼓動，利喙啄開再度湧上的屍人。

一名男子身著素色唐裝，身姿玉立，衣袂飄飄、墨髮飛揚，猶如仙人般在于進身前落下。

于進由下往上望，很想望清眼前人，奮力眨眼，無奈意識已經模糊，看不清楚，僅覺來人與鳳簫之間有種說不出的相似，不知是氣質像，還是五官像。

「鳳……鳳家人？要……小心……」于進擠出最後一句話，徹底昏迷。

——鳳笙到了！

玄武吐出的咒術水牢就要困住鳳簫，絕仙巨劍緊追在後，寒光迸閃，充滿殺氣，形勢對鳳簫大大不利。

這時，一道銀光弧線劃破天際，一柄亮晃著金色光芒的單刀橫空打來，劈開水牢，伴隨著澎湃無雙的靈力射線由天而降，強勢擊開絕仙巨劍。氣浪翻湧、金光閃現，滔滔光浪驚心動魄，鳳二及時趕到。

鳳簫逮住機會，敏捷朝左邊一翻，脫出水牢箝制範圍，翻滾躲閃，朝玄武扔出刀訣。

「老傢伙死哪去了？這麼晚來不如別來了！」鳳簫對著還沒接近到看得清面容的來人說話，早已由這熟悉的靈力判斷出對方是鳳二。

「誰想得到兔崽子連誅仙陣都搞不定，還得勞駕祖宗幫忙。」鳳二依舊是那副妙齡少女的嬌俏模樣，紮著側邊高馬尾，手執雙刀，下手異常狠戾。

雙掌一翻，雙刀同時劈砍，手起刀落，挾帶著強大的金色靈光氣場，和絕仙巨劍硬碰硬；劍刀相會，發出連綿不斷的尖銳金屬碰撞聲。

「腳步不如手步，手步不如心步，步罡踏實，才能無堅不摧。」鳳二一邊和絕仙巨劍拚鬥，一邊居然還能指導鳳簫。

鳳二腳踏九宮，走位華麗，絕仙巨劍挑刺砍劈，皆未能傷她分毫。輕靈身形幾個縱跳，足尖點過巨劍劍柄，手掐寅紋，朝著劍鋒快速念訣，雙刀同時飛射而出。

「指石石拆裂，指日月同明！」雙刀一左一右攻向絕仙巨劍，兩股不同方向的作用力暴衝拉扯，絕仙巨劍瞬間被強力碎成兩段。

「看！一下就解決了。」鳳二談笑之間，就這麼解決了絕仙巨劍，轉目睞向尚在與玄武纏鬥的鳳簫，出聲調笑。

「那是我已經拆了前面三門，妳才可以這麼輕鬆好不？」鳳簫鄙視。奇怪，鳳二這人怎麼跟鳳五一樣不知羞恥呢？

「當你祖宗不知道朱雀是咱家的啊？拆兩門就拆兩門，灌什麼水？」鳳二說是這樣說，一面加入這邊的戰鬥，和鳳簫兩人一同攻向玄武。

「會不會聊天啊妳？」

「喲！傷到小兔崽子的男人尊嚴了？」

「傷你妹！」鳳簫回話同時，玄武正往鳳二的方向噴出冰箭，鳳簫張盾打去，順利為鳳二擋下一劫。

「再囂張啊！」這回換鳳簫得意了。

「為了挽救你岌岌可危的男主角尊嚴，才讓你出手表現一下。」

「最好是。」

絕仙巨劍已毀，玄武戰鬥力大減，鳳二與鳳六兩人合作無間，連番劈砍，就在這樣你一言我一語的唇槍舌戰中，輕易解決了玄武，破除最後一道絕仙門。

四劍四獸既已摘去，誅仙陣已破，周旁疾雷、怪霧、紅光，盡皆散逸，暗夜林中頓時恢復清明。鳳簫心繫袁日霏，二話不說奔往袁日霏所在之處，將她帶來與鳳二會合。

「誅仙利、戮仙亡，陷仙四處起紅光，絕仙變化無窮妙，大羅神仙血染裳……誅仙陣聞名天下，今日領教，倒是沒有傳聞中厲害。」見鳳簫領著袁日霏回來，順利化解危機之後，鳳二念起誅仙陣的贊詞，言談中有些感慨。

「啪、啪啪——」

陣中八卦臺突然響起清脆掌聲。

「眞不愧是鳳家人，破除誅仙陣的時間居然這麼快。」一個身影緩緩從八卦臺上走下，嗓音愉悅，隱約揚笑。

「姚眞……怎麼會是妳？」袁日霏不可置信地望著眼前人。

「怎麼不會是我呢？袁法醫，我等妳很久了。」姚眞回話輕快，依然是那副開開心心的模樣。

「姚眞，現在收手還來得及，別一錯再錯了。」這回出聲的竟是鳳二，她口吻溫緩勸戒，手中兵刃翻出，卻已擺出備戰姿態。

「呵。鳳二，好久不見了。」姚眞望著鳳二與她手中的雙刀冷笑，回話的語氣聽來與鳳二十分熟稔，隱約摻雜著幾分恨意。

「確實是好久不見了。」鳳二瞇起雙眼。

「到底怎麼回事？」鳳簫發問，袁日霏與鳳簫同時睞向鳳二。

第二十五章

Case 00

那個女人抱著孩子來找她的時候，孩子已經死透了，皮膚冰冷，就連一點點微弱的鼻息或脈搏都沒有。

「我自己就是婦產科醫生，而我卻沒辦法救他……」女人臉色蒼白，說話時嘴唇顫抖，彷彿整顆心也已經冰透。

「那就是了，妳是醫生都沒辦法救他，我又怎麼可以？」她望著那個回天乏術的小小身體，其實不太明白女人究竟為何找上她。

「妳一定可以！我聽說鳳家人無所不能——」女人眼神一變，話音突然急切了起來。

「鳳家人並非無所不能，妳的孩子已經死了，妳比誰都清楚，死了就是死了，怎麼可能活過來？」她瞇起眼眸，說得十分理智平淡。

「死了又怎樣？就算不是真正的活也沒關係，什麼都可以，需要多少錢都可以！」女人抓住她手臂，聲調突然拔高了好幾度，殷殷切切地注視著她。

「什麼叫做不是真正的活也沒關係？死就是死了，難道成為妖鬼也可以？」她搖搖頭，有些好笑地反問，未料女人聞言，眼神卻瞬間燦亮起來。

「可以嗎？是妖是鬼都沒關係，只要可以活，只要別死。」女人充滿期盼。

「妳瘋了嗎？」她不可置信。

「妳一定不是母親，否則怎會不明白我的痛苦？只要別死、只要別死……拜託！救救我可憐的孩子……只要孩子別死……」女人不斷重複地喃喃，抓住她手臂的力道很重，幾乎將她掐出瘀血。

她怔怔地望著女人，有些被女人的執著震懾，雖覺女人空洞崩潰的模樣已近入魔，卻不禁伸手撫上自己的肚腹。

她怎麼不是母親？那年，她的肚子裡正懷著鳳三……

「所以，出於妳那莫名其妙的同情心，與莫名氾濫的母愛，妳就開始研究如何煉陣返陽，只爲了令她的孩子死而復生？」聽完鳳二娓娓道出事情緣由，鳳簫眉心深鎖，完全不明白鳳二怎會做出如此白痴的決定。

「不只是出於母愛與同情心，也是出於私心，我想研究那些從沒使用過的術法……總之，不管是爲了什麼原因，確實是做錯了。」鳳二眼睫閉了又掀，重重嘆了口氣，言談中充滿懊悔。

袁日霏望向這位鳳簫曾向她提及的少女祖先，其實非常能體會她的心情。

就像學者遇上難解之謎、醫生碰上棘手之疾，總會有好奇和追根究柢的本能，忍不住想試試看自己的極限在哪裡。

「顏欣欣的煉妖符就是這麼來的？」鳳簫很快地將所有事情串聯在一起。「當時那個小孩死透了吧？那具肉身絕對無法再用，三魂中也有兩魂已經散逸，所以，為了留住那孩子僅存的一縷主魂，只好暫且將他煉化成半妖，另外尋找合適的兩魂與肉體，再將之合而為一？」

「大致上是這樣沒錯。只是，當初我努力琢磨改良死而復生之術，幾番實驗，總沒辦法做到無懈可擊。若不是取得的兩魂無法與孩子的主魂相合，就是取得的身體不適合孩子，產生強烈的排斥作用。」鳳二回答。當年，鑽研這些著實傷神，但也為她帶來了極大的滿足與樂趣。

反覆地嘗試、反覆地失敗，偶爾有些新發現，便躍躍欲試；偶爾有些新進展，便喜不自勝。她收妖伏魔多年，對一切妖鬼早已司空見慣，說不疲乏是騙人的，生活中突然多了這件事可以琢磨思量，倒是平添了許多滋味。

「合適的身體哪來？」鳳簫想了想，覺得十分容易理解，點了點頭，再問。

「我是婦產科醫生，還缺小孩遺體？」姚眞答得飛快，也答得傲慢。

同樣身為醫生的袁日霏聞言眉頭緊蹙，難以想像總是討喜可愛的姚眞居然能將這件事說得如此輕鬆。

對她而言，保護病人的遺體也是醫德中非常重要的一部分，怎可輕易將遺體挪為他用？

「姚眞，收手吧！我一念之仁，成就妳一世之惡，已經夠了。」談及過去種種，鳳二再度語重心長地出言勸誡。

「夠了？怎樣才算夠？」姚眞愉悅輕快地笑了出來，像聽見莫大的笑話。

「還不夠嗎？當年妳抄寫我的術法手記、多年心血，連夜逃跑——」鳳二話說到一半，便被姚眞打斷。

「怎能不跑？妳幾度想除掉立仁，以為我不知道嗎？」聽見鳳二這麼說，姚眞冷笑，眼神中對鳳二流露出的恨意更加明顯。「妳不只想除掉立仁，甚至，其實妳早就研究出眞正能起死回生的方法，只是不想告訴我，因為妳後悔幫我了，對不對？」

鳳二抿唇不答。

原來姚眞抄寫了鳳二的手記帶走，難怪他老覺得姚眞使用的那些咒文符籙和紅紙與鳳家出自同源。既然是從鳳二那裡取走的，那本就是鳳家的東西。鳳簫恍然大悟。

「立仁？黃檢？」袁日霏捕捉到的關鍵字與鳳簫截然不同，神情困惑。是同音字的巧合？抑或眞的是黃立仁？

「是，就是妳想的那個黃檢，袁法醫眞是始終如一的冰雪聰明，我的兒子確實正是黃立仁。」姚眞輕笑。

「黃檢？怎麼會？妳是他母親？你們外表的年齡差距看起來完全不可能是母子，兩人之間的互動也完全不像……」姚眞的年紀看上去甚至比黃立仁更小，也比她更年輕。袁日霏無法置信。

「立仁死的時候年紀尚小，並沒有太多關於母親的記憶，更何況，歷經了好幾次的合魂與身體替換，他的魂魄記憶缺漏許多，也早已不記得我是誰……」姚眞言詞中有些遺憾，但消逝得很快。「不過沒關係，只要他平安活著就好。這些年來，無論我和他換過多少具身體，無論換的身體符不符合我們的實際年齡與身分，我總是把自己安排在他身邊讀書或工作，只要他能好好活著，只要能看見他就好，他記不記得都無妨。」

「無論換過多少身體？爲什麼？姚眞……爲什麼連妳也是？」袁日霏再問，緊皺的眉頭始終沒有鬆開。

假若姚眞與黃立仁都需要尋找合適的身體，那麼，要找到與自己年齡相仿，又不會產生相斥作用的身體絕不容易，勢必會有屈就於年齡及條件並沒那麼恰當的遺體的時候，以致姚眞尋得的肉體比黃立仁使用的肉體年輕，這她能夠理解。

可是，黃立仁需要替換新的身體，是因爲他已經死了，那姚眞呢？姚眞去委託鳳二拯救黃立仁時，難道也已經死了嗎？不可能吧？

「爲什麼連我也是？當然是因爲有人反悔了，所以我只能靠自己呀。」姚眞笑得甜美、說得嘲諷，冷望了鳳二一眼，又瞪向鳳簫。

「雖然我有鳳二的手記，然而無論我再怎麼努力，終究是一個凡人，毫無任何靈能，完全無法學會當中記載的任何一項咒術，最後，我只得將自己煉化成半妖，藉著妖力才得以開始修習。」

將自己煉化成半妖？

袁日霏想起顏欣欣死時的那幅景況，被剜去雙眼的貓屍、被割斷脖子與雞冠的雞……頓時有些不舒服。

「所以，妳自盡了？」袁日霏詫異地問。

「是的，為了得到修習道術的入場券，我自盡了。」鳳二說她成就了她一世之惡？一世？簡直太輕描淡寫了！她走過的怎會只有一世？

自煉成妖的痛苦、修習道術的艱難、一遍又一遍將自己的魂魄揉合進陌生的身體，成為一個連自己也不認識的人——不，甚至連人也不是——的折磨，怎會只是一世苦痛？

袁日霏全然無法理解這樣的決心與魄力，無論是顏欣欣想咒殺他人的動機，抑或是姚眞想拯救親生兒子的執著，但是……若有人告訴她，她也能藉由這樣的方法，令她所愛的人復生，她是不是也會不顧一切地嘗試？

「很難想像吧？袁法醫，呵呵，看在我們當同事當得很愉快的分上，我今天就把事情說清楚，好讓妳明白鳳家人輕言寡信造成了什麼樣的後果，又讓我和立仁吃了多少苦。」姚眞整句話都是帶著笑容說的，卻笑得令袁日霏感到淒涼與不舒坦。

鳳二神情複雜，鳳簫則是面無表情，對他而言，每個人的選擇從來都是自己所選擇的。由於被辜負，所以選擇墮落這種說法，僅僅是推卸責任罷了。

「成為半妖，開始修習術法之後，因為沒有了鳳二的幫忙，一切只能靠我自己。我一個人的力量遠遠不夠，於是，我就將那些不合立仁使用的魂魄與身體一一煉化成小鬼，驅策它們爲我辦事。鳳家不養小鬼，手記上自然沒有相關記載，我只好另尋他法，什麼都學、什麼都試，幸好，就這麼讓我越琢磨越精進，眞整出一片天。」

以半妖之身，拿著鳳家手記，再加上東拼西湊學來的茅山道術……

難怪，雖然姚眞使用了許多鳳家符籙，但在季光奇家搜出的那些棺材釘上的圖紋和鳳家卻又無關。

鳳簫不得不承認，姚眞這樣東一點西一點地拼湊練習，修爲能到如今這樣的境界也算是非常有毅力，眞是將反面教材展現得淋漓盡致。

「最初，我和立仁尋找肉體復生的工作非常困難，我只能將就手邊能取得的、堪用的無名屍體，有什麼用什麼。到最後，我道法大成，便開始利用所學爲人消災除厄，提供各式各樣的疑難諮詢，並知道了越來越多見不得光的事情，幫著處理越來越多的地下案件與無名屍……既已走到了這番境地，我能取得的資源自然也越來越龐大，甚至能挑選想用的屍體，幫立仁選擇條件最好的、最適合他的，讓他一路從國小、國中……循序從孩子長大成人，經歷和正常人一樣的人生。」

這就是爲什麼黃立仁的人事資料表上，每個階段都有一段空窗期，一方面是因爲姚眞還沒研究出眞正的死而復生之術，一具軀體所能使用的時間有限；另一方面，則是因爲她想要讓黃立仁像個眞正的孩子、眞正的人，所以，她每個階段都耗費了許多心神，去尋找符合黃立仁「該長成的年紀」的身體，無論是外貌抑或年齡，每過幾年都必須重新調整。

「這麼多年下來，越來越多人求助於我，甚至為我立了個廟，我不只為自己與立仁尋得了適當的肉身，替他安排一段身為菁英的美好人生，也成為那些信眾心目中信仰的神。」

「傳聞中有間供奉嬰靈、祈求順產、超渡冤死孩子的小廟，當中那個不老不死的仙姑果真是妳？」鳳簫挑眉。

「當然是我。」姚眞輕笑，神情得意。看！她有多出色，她也很有與鳳家並駕齊驅的本事，甚至有過之而無不及。

「供奉嬰靈、祈求順產、超渡冤死孩子……」鳳二搖頭，對姚眞的得意感到無奈。「姚眞，妳廣納信眾，利用他們對妳的信任，做這些喪盡天良、傷天害理的事……」

「利用他們對我的信任？是，顏欣欣給情夫的護身符、季光奇給趙晴的順產符和那些紅紙，甚至袁法醫那張批命紅紙，全出自我的手筆。但是，別說得那麼難聽，他們全是有所求才來的，大家各取所需，沒有誰利用誰。」姚眞輕描淡寫，口吻有股說不出的歡快。

「更何況，什麼叫喪盡天良、傷天害理？若是蒼天有眼，我們的孩子又怎會枉死？天本不良，何來傷天害理？再說，那些人本就不要他們的孩子，否則，袁正輔怎會三言兩語就被我煽動，將親生女兒像垃圾一樣隨手拋棄？顏欣欣、季光奇，他們又何嘗想要自己的孩子？在他們的愛情與前程之前，孩子什麼都不是，既然如此，拿他們的小孩來讓我的孩子成爲一個更完整的人，又有什麼不好？」

「強詞奪理！死生有命，哪能讓人這樣放肆胡來？」鳳簫已經聽不下去了，出聲喝斥。千錯萬錯都別人的錯，什麼事都推給別人就好了啊！

「那是你們沒歷經過這種痛，才會說得這麼容易！」姚眞才不理會鳳簫的想法。

「我一直在等，等一個合適的時機，等一個眞正的機會，好讓立仁眞正起死回生，再也不是一具屍，再也不是一個需要定期施行返陽之術的屍人，再也不用合魂換肉身……只要活下去就有希望，瞧！我們現在活得多好！」

「半死半活、半人半屍，這叫好？」鳳二對姚眞的冥頑不靈感到費解與頭疼。

假若可以，她很希望姚眞回頭是岸，這樣她便不用兵刃相向。姚眞變成這樣，她覺得自己也得負一半的責任，說不自責與愧疚是騙人的。

「起碼比你們自詡正義地活著好多了！」姚眞冷笑。

「妳瞧妳，不過是因爲幫了我一把，成全了我這個可憐母親的心願，沒想到就被老天爺處罰，死後既不能封神，也不能投胎轉生，只能託生在鳳家風水樹上，難道妳從來不恨？枉費妳行天道，爲不公不義的老天爺斬拔了那麼多妖魔，結果呢？呵呵！努力？善良？有屁用？到了現在，妳還死鴨子嘴硬，勸誡我要順天而行？」

託生在鳳家風水樹上？鳳簫與袁日霏兩人互望一眼，又看向鳳二。

難怪鳳二是這副少女模樣，不是人，不是鬼，不是元神，也不是妖……

「姚眞，別再執迷不悟了，死生有命，天意如此，別再強求了。」鳳二依然想勸回姚貞。

「天意如此？天？呵呵呵——照妳這麼說，我們今日在這相遇，才是眞正的天意。」姚貞燦然一笑，神情開朗。

「我眞沒想過顏欣欣的案件竟會惹來鳳家，那日，于進以案件關係人為由，找了鳳六到局裡來時，我小心翼翼地躲藏，唯恐被鳳家人發現，於是持續關注著鳳六動靜，直到鳳六走出刑警局，我仍在鑑識中心窗邊覷看，沒想到卻看見袁法醫在刑警局外誤入鳳六結界。瞧！這是多麼難得的緣分啊！」

袁日霏一愣。鳳簫之前對於有第三人知道她能闖入結界的推測，果然是正確的……

「爲了證實我並未看錯，袁法醫確實能走進結界，並眞與鳳家有所關聯，我偷偷跟著鑑識組出隊，在趙晴家稍微動了一些手腳，結果，袁法醫果然沒讓我失望，就這樣帶著鳳家人來了……多棒的巧合是不？」

她果眞是誘餌……袁日霏懊惱著，鳳簫的目光卻不禁溜到她的右耳上。

「既然已將鳳家人牽扯進來，爲了避免鳳家人再度壞我好事，我當然得先下手爲強。早料到你們會找到季光奇，我特意布了風水局等你們，之後袁正輔家的一切設置，當然也都是爲了一舉殲滅你們，完成我的返陽大業。」姚貞說到這裡，頓了頓，狀似十分惋惜。

「可惜了袁正輔，我原本不想殺他的，當年認識他之後，多虧他身爲警員，讓我和立仁的身分安排容易多了，而後他在我的幫忙下順利上位，有了刑警局長的庇護，我更是如虎添翼、無往不利。若沒有他的推波助瀾，我和立仁又怎能走到今日？」

「妳……妳殺了養父？為什麼？」問話的當然是袁日霏。

「這還需要問嗎？妳在法醫室內和鳳六通電話，安排他與袁正輔碰面，我在外頭全聽見了。袁正輔若不是想背叛我，為何要找鳳六？為了避免他與鳳家沆瀣一氣，我自然必須搶先除去後患。」姚眞愉悅一笑。

「別太難過了，袁法醫，袁正輔畢竟也不是什麼好父親。當年，他拿著剛出生的妳的八字來請我批命，我發現妳命格奇異，既生於極陽端午，又誕於極陰寅時，絕對是個能夠踏陰入陽的好素材，便想收為己用。於是，我加油添醋個幾句，沒想到他全盤相信，三言兩語便決定把妳扔下了。呵呵，這算什麼父愛？太可笑了！官啊權啊勢啊錢啊，樣樣都比親生骨肉重要，妳就別為他傷心了。」

「妳——」姚眞笑得可愛，袁日霏卻喉頭一鯁，什麼話也說不出來。

「噢，對，說起來也要謝謝袁法醫妳呢！本來，袁正輔把妳扔在育幼院那天，我後腳跟著，就要去把妳帶走，沒想到鳳四恰好路過那裡，而我太害怕被鳳家人發現我是屍，只得倉皇躲避。這些年來，我醉心於術法研究，早已忘了妳的存在，鬼使神差地錯過了。幸好妳為了孝順袁正輔那傢伙，考上了刑警局法醫師，自願調來這個分局……大好素材又回到我身邊，怎能不把握？」

姚眞越說越愉快，可鳳簫的耐性已經到極限了。

「別再胡說八道了！妳好意思講，我還不好意思聽。什麼都別人害的，別人逼妳的，別人都不配當父母，有完沒完啊？啊妳不就好棒棒，全世界妳最可憐妳最努力妳最行？」鳳簫左手桃木劍泛靈光，已經作出攻擊姿態。

姚眞連眉毛也沒動一下，神態輕鬆，顯然有備而來。

「確實是你們鳳家人害的呀。若不是鳳二出爾反爾，我怎會走到這步？若不是你設壇肅清我壇上屍人，令我元氣大傷，我也不會在袁正輔屍體的爆炸中住院那麼久，還讓你攻擊到立仁，縮短了立仁這次回陽之術的使用期限……看！老天爺就是這麼不公平，我努力研究了一輩子，不，甚至是凡人好幾輩子的時間，仍比不上你們鳳家人隨手拈來的術法，你們輕輕鬆鬆地，就毀掉我多年成果。」姚眞說到這裡，話鋒一轉，又看向袁日霏，說得十分同情——

「唉，袁法醫，其實我很喜歡妳的，都是因爲鳳家把立仁的身體弄壞了，我才必須加快腳步，麻煩妳幫忙煉陣才行。等妳走了，記得怪鳳六，可別怪我噢！」

「聽妳在胡說八道！鳳家人在此，怎麼可能讓妳胡作非爲？」鳳簫起手，好幾個刀訣打去，腳步也沒閒著，提足朝姚眞那裡狂奔。

「嘻嘻！」姚眞左騰右挪，輕巧避開刀訣，手中掐起幾道黃符，浮空生於眼前，嘴中咒語吟誦，凌空咒符往前奔騰疾竄，居然已成戎服鐵騎。

「陰兵？」鳳簫及時反應過來，伸劍擋架，鳳二支援已到，揮著雙刃加入戰局。

「我今天就要試試，看是你們鳳家人道高一尺，還是我姚眞魔高一丈？」

姚眞自知不是鳳二與鳳六敵手，召喚出千軍萬馬之後毫不戀戰，身形敏捷向後一跳，回身便往八卦臺上奔去，臨行前擲出長索，倏地將袁日霏捲至身旁。

「卑鄙！」鳳簫同時被好幾名陰兵糾纏，正忙於應付，便看見袁日霏已被姚眞帶走。

「斷頭折足，杵碎身形，鬼妖盪盡，人道安寧！」鳳簫屈腿橫掃，一時間掃翻好幾匹駿馬，一個空翻跳躍，桃木劍凌空劃出一道弧線銀光，重重劈落在地。

「轟——」

絢麗無雙的藍紫色靈光在地面上盪出一圈又一圈的衝擊波，陰兵鐵騎霎時馬跌兵倒，激起一波波氣浪，塵煙漫漫。

鳳簫與鳳二乘隙快攻，砍馬足、蹬馬背、斬馬首，衝鋒陷陣，瞬間挑翻一干陰兵。

「快去救你的小姑娘，寅時快到了，恐怕姚眞今日便要煉陣返陽，別讓她得逞。」鳳二交代，雙手雙刀揮舞得甚是凌厲，爲鳳簫斷後。

鳳簫一刻也沒有耽擱，急起直追。

同樣一刻也沒有耽擱的還有姚眞，她抓著袁日霏拚命往前奔跑，一路直向八卦臺而去。

八卦臺旁旌旗林立，地上畫滿符咒勾勒而成的陣法，中央圓形柱臺躺臥一人，渾身布滿白色人形碎紙，正是眼睫輕閉的黃立仁。

姚眞將袁日霏往臺旁一甩，袁日霏踉蹌跌地。

「袁法醫，別怕，很快就會結束了。」姚眞笑得甜美可愛，語調輕快。

袁日霏手撐著地板，亟欲起身，可方才的撞擊令她全身疲軟，腦袋嗡嗡嗡的，頭疼不已。

「妳休想！快放開她！」鳳簫風馳電赴，人未到，聲先至。無奈鳳二那裡的陰兵數量實在太多，走漏了幾個攻到鳳簫這邊來，迫得他不得不分神對付。

「我潛心鑽研煉陣返陽之術，其餘術法皆是馬馬虎虎，自然無法與你們拚搏相鬥，不過，摧毀一棵百年巨木倒是易如反掌。」姚眞全沒把鳳簫的威嚇當一回事，目光落在陣眼旁某棵參天巨木上，雙掌飛快翻轉結印，一團墨色黑氣凝聚集結在她掌中，蓄勢待發。

鳳家風水樹？

風水樹常伴鳳家祖墳左右，怎會出現在這裡？

疾奔中的鳳簫與激鬥中的鳳二同時望向這頭。

「如何？怕了嗎？哈哈哈哈哈！」姚眞放聲大笑。

「你們就是自命清高，老說什麼順時聽天，才會連自家風水樹危在旦夕都不知道。風水樹早被我帶來這兒，以重重結界保護隱匿，之所以不早點斬草除根，只是想讓你們親身感受事物在眼前活生生死去，卻無力回天的痛苦罷了。」姚眞眉開眼笑，說得非常張揚、非常得意。

眼看鳳簫就要殺到八卦臺前，砰——姚眞一個氣勁發出，百年古木樹身晃搖，筋脈斷損，地上泥灰崩落，綠葉紛墜。

糟！鳳二正與數量龐大的陰兵們纏鬥，心有餘而力不足；鳳簫掐訣持咒，符文瞬化成盾，衝往風水樹前阻擋，可是已經來不及了。

「轟——」風水樹身在靈盾抵達前受力炸開，參天巨木頹然倒下。

鳳簫曾說，只要將鳳家風水樹連根拔起，鳳家人便會失去靈能……距離最近的袁日霏本能地想保護鳳家風水樹。

「袁法醫，別礙事！」姚眞眼睫一瞇，揮袖一抬，勃發的掌氣將袁日霏震飛在地，硬生生退了好幾公尺。一不做二不休，姚眞捏起爆裂火符，啪滋一聲燃起熊熊大火，僅餘的一點樹身被燒得焦黑破敗，土泥炸開，就連樹根也被連地掀起，壞死殘根紛飛四濺。

「不送了，鳳二，好好接受妳所謂的天命吧！哈、哈哈哈——」

與此同時，正和陰兵纏鬥著的鳳二身上有無數光點飛散，四肢逐漸變得蒼白透明，面容身軀也漸漸模糊……

鳳簫手中桃木劍迅疾消失，幾欲掐訣，指尖藍紫色靈氣卻難以凝聚，力不從心。忙亂中，他仍顧念要往袁日霏那裡去。

「別白費功夫了，你現在毫無靈能，周遭陰兵環伺，怎麼救袁法醫？如何？身為得天獨厚的鳳家人，從沒想過自己會有這一天吧？哈哈哈哈哈——」姚眞樂不可支，十分歡快。

「大陣已成，萬事皆備，鳳家再也不能搗亂了！」太舒暢了！她多年來的憋屈與不甘，都即將在此時得到伸張。

姚眞開懷，走到袁日霏身旁，心疼又惋惜地摸了摸她臉頰。

「袁法醫，眞可惜，本來不想讓妳太痛苦的，慢慢取魄就是，但是如今寅時就要到了，妳是陣眼，缺妳不可，只好請妳忍耐一下了。」姚眞手中匕首閃現。

「袁日霏！」鳳簫手無寸鐵，憑藉一介凡身與千軍萬馬搏鬥，自顧不暇，仍心心念念。

「去死吧！」姚眞高舉匕首，正要往袁日霏胸口刺下——

「日霏！」旁邊突地閃出一道人影，竟是不知何時從八卦臺上離開的黃立仁衝了過來，出乎意料地爲袁日霏擋下這一刀。

「黃檢！」

「立仁？」

袁日霏與姚眞同時驚喊。

袁日霏慌忙扶住頹然倒在她身上的黃立仁，手心往他後背一摸，全是濃稠的紫黑色血液。

「我……妳……沒事嗎？姚眞……爲什麼？」黃立仁想說話，可斷斷續續，後背匕首幾乎穿透胸膛，難以成言。

他看見姚眞攻擊袁日霏，完全不明白是爲什麼，甚至，他連自己爲何在這裡也不明白。最近他不明白的事情著實太多，上次與袁日霏在一起的那位鳳六，說他連自己是什麼都不知道……

「我……」黃立仁還想說話，嘴裡卻驀然噴出好大一口鮮血，他低頭一看，伸手一擦，越抹越是狼狽。

「我、這……不是人類的血的顏色……我究竟是什麼……」黃立仁眼中滿是困惑與驚惶。

「別說話了，我幫你急救——」袁日霏看他這樣，心裡著急，更覺難過。

他渾然不知，眞以爲自己是人，是和他們一樣的人。

可是，他早已不是了，他正經歷著的，是他母親爲他編織而成的一段謊言，一段他母親希望他實現的人生。袁日霏驀然感到一股無以名狀的哀傷。

「可憐的孩子，你喜歡袁法醫嗎？」姚眞走近黃立仁，嘴裡說著的仍是黃立仁聽不懂的話，神情慈愛。

「沒關係，你死幾遍，媽媽就能讓你活幾遍，很快就不痛了。」姚眞話一說完，倏地拔出黃立仁背後匕首，重重一掌打在黃立仁天靈蓋上，黃立仁瞳孔放大，徹底氣絕，袁日霏被突來的發展嚇壞了。

「妳瘋了……」袁日霏已經分不清自己是難過還是憤怒。

「瘋？是啊！我早就瘋了！從我兒子第一次死掉那天我就瘋了！」

她心愛的孩子又再度在她眼前死了，她曾經心痛欲裂，但最可怕的是，她已經越來越感受不到心痛了。

姚眞抱起黃立仁，緩緩走向八卦臺，將他安放其上。

「別怕，等等你就會恢復原狀，你會是最完美的小孩，最無懈可擊的人，沒有一個眞正的人能比得上你，哈、哈哈哈——」。

安置好黃立仁，姚眞再度走回袁日霏身旁，將一張白色人形碎紙貼在袁日霏胸口，快樂地勾勒出未來藍圖。

「就快結束了，立仁這麼喜愛妳，妳該高興能成爲他的一部分。放心吧，他會承繼妳所有的專業與技術，將妳的法醫長才發揮到極致，成爲一個出類拔萃的檢界菁英。」

這是多麼深沉病態且不顧一切的母愛……

袁日霏無法使力，胸前以白色人形碎紙爲中心，密密麻麻蔓出血色符文，往她周身攀爬。

姚眞嘴中喃喃，吟誦著聽不清的咒語，正要驅動返陽之陣，在陰兵包圍之下的鳳簫卻陡然殺出一條血路，手中高舉著陰兵長槍，直取姚眞而來。

「袁日霏，別放棄！妳還可以再撐一會兒，沒事的！」鳳簫強勢攻擊姚眞，嘴裡卻在對袁日霏喊話。

「怎麼你們鳳家人總是學不會死得乾脆一點？」姚眞側身一個空翻避過。

失去靈能的鳳簫長槍橫掃，連刺突擊，憑的全是穩紮穩打的拳腳功夫，一時間竟將姚眞打得節節敗退。

鳳簫見有機可乘，倏地往八卦臺方向疾奔，起手便想攻擊躺在八卦臺上的黃立仁屍身。

「八卦臺上全是牢實結界，你現在不過是個平凡人，還妄想踏入嗎？捆仙索！去！」姚眞見狀氣急，手腕一個使力，凌空繩索劃出一道拋物線，牢牢束縛住靈力盡失的鳳簫，將他往陰兵陣裡扔。周遭陰兵見獵心喜，前仆後繼湧上，幾乎吞沒鳳簫身影。

「鳳六！」袁日霏驚喊，既氣且急，偏又使不上力，心痛難當。

又來了，每個珍愛她的人、每個想保護她的人……每個都要離開她，每個都得死……

她誰也守護不了，誰也守護不了！袁日霏忿忿瞪向姚眞。

「做什麼這樣看著我？想哭？難過？悔恨？這種心情我早就不知道嚐過幾千幾萬遍了！呵呵。」姚眞同情地回望袁日霏。

「我做了很多很多努力，經歷了很多很多失敗，才終於走到如今這地步，我絕不放棄！絕不讓任何人阻撓！」姚眞走到陰兵陣前，雙手蓄積勃發黑霧，正待給予鳳簫致命一擊。

注視著眼前一切的袁日霏萬念俱灰。

眞的完全沒有辦法了嗎？

風水樹已毀，託生於風水樹上的鳳二魂魄飛散；鳳簫靈力盡去，爲捆仙索所縛，無從掙脫，正遭受著陰兵們與姚眞難以想像的成波攻擊。

而她身上的血色符文已蔓延至脖子、臉頰，通體皆是。

她渾身發冷，頭疼欲裂，腳邊卻突然踢到某樣東西，垂首一望，是方才因爆炸噴飛的風水樹殘根。

殘根破敗焦黑，看來煞是淒涼可憐，就如同他們眼下的處境。

「我們信天地自然……相信擺在前頭的障礙絕對不是要我們認輸投降，而是要我們奮力破關……一定有我們能夠做的事，一定有我們存在的理由……」

奮力破關？存在的理由？

鳳五曾經說過的話突然一字一句閃現在腦海，此時聽來多不切實際……

奮力破關？她被咒術所縛，而鳳六早已失去靈能，八卦臺上全是牢實結界，怎麼破關？

存在的理由？寅時將至，她作爲陣眼，功用就是被取魄煉陣，陣成之後，她就不存在了，還需要什麼理由？

什麼都已經沒有用了，怎麼可能會有用？

努力從來都是沒有用的，老天從來都不公平……

她還欠鳳六一個回答，但可能再也無法回答他了……

袁日霏心灰意冷，腦中思緒翻騰，陡然間卻連結起了些什麼。她掀了掀眼睫，奮力睜開眼，動了動虛軟的手指，試圖找回最後的力氣。

不對！不是！

她的解剖刀上有鳳六為了救于進劃傷手臂留下的乾涸血跡，右耳上有鳳六留下的鳳家指印——鳳家血脈搭配靈咒還是可行的，鳳六曾經說過。

如果只能做一件事，一件只有她能夠做的事，能夠利用她來煉陣返陽，能夠利用她來起死回生……

假若這就是她之所以能踏入結界的原因，假若這就是她之所以存在的意義，那麼，她的選擇是這個！

袁日霏念頭一轉，用盡全身能量，放手拚搏。

可以的，她可以！她很堅強，她很有力氣，她是法醫師，切開頭骨胸骨哪個不需要力氣？

她必須用盡氣力！她必須全力奔跑！

袁日霏撿起地上那截風水樹的殘根，一舉衝破八卦臺結界，雖感不捨，仍狠心一把推落臺上的黃立仁，將敗壞殘根植入返陽陣中心。

啟動陣式的口訣，她記得的，鳳簫扔給她的那本鳳五手記上有寫。

快！快想起來！

她是高材生，是人人口中的天才；她一目十行，總能過目不忘……快！

「上徹洞天，天明地靈，日月輔我，百陣大成……」袁日霏抓緊時間，分秒必爭，聲音聽來氣若游絲，卻造成了驚天動地的效果。

回陽大陣啟動！

霎時間靈光湧現，八卦臺上迸裂刺目光芒，黑夜頓成白晝。

鳳家風水樹焦黑壞死的的殘根似被灌入源源活力，迅速抓地發長，盤根錯節，參天而起，枝椏彎曲延展，不斷冒出新嫩活葉。

「妳在做什麼？不！不不不！我要殺了妳！」正與鳳簫纏鬥的姚真驚覺這意外發展，目眥盡裂，眼白全是血絲，幾個縱躍飛步立刻衝回來，伸手掐住袁日霏脖子，將她牢牢地高舉而起，足跟離地。

「咳、唔……」袁日霏胸腔裡的空氣瞬間被擠乾，完全無法發出聲音。

「賤人！妳自找的！我這就教妳魂飛魄散也不得善終！」姚真一掌就要往袁日霏頭頂轟下，磅——凌空一道藍紫色厚實大盾卻突地打來，擋在她與袁日霏中間，硬生生將她震退幾步，鬆開了掐著袁日霏的手，袁日霏墜跌倒地。

生生不絕的靈能重新傾注鳳簫體內，甚至比從前更加蓬勃活絡。

刀訣連番落下，姚眞運氣抵禦，八卦臺上刀光劍影，滿是紫光。

傾倒的視野裡，袁日霏看見鳳簫拄著桃木劍而起，衣襬飄動，長身玉立，踏過陰兵陰將，朝著這裡，浴血而來。

他渾身散發藍紫色靈光，奪目得有如東升旭日，令袁日霏想起那張她早就背到熟得不能再熟的上上籤。

日出便見風雲散　光明清淨照世間

他一身狼狽，額角臉頰血跡斑斑，可依然那麼好看、那麼耀眼。

直到此刻，袁日霏終於懂了，他那麼囂張跋扈、那麼張揚自戀，總是令她生氣、令她無奈，卻又令她深有共鳴、深感心疼，確實是她的上上籤、她的正曜、她的星。

太好了……

徹底失去意識之前，她還看見鳳笙帶著渾身是血的于進到來，想必于進也得救了吧？不只這樣，她好像更看見了鳳五和王遠慮、八寶……

她再怎麼努力都無法令所愛之人幸福平安的人生，能夠以此結束眞是太好了。

至少，在最後，她終於眞正保護了所有想珍惜的人。

終於，神終於聽見了嗎？

「袁日霏！」鳳簫殺到她眼前時，正好趕上她闔上眼睫。

她的魂魄已成陣引，啟動了逆天之陣，令鳳家風水樹回陽重生。

她嬌軟的身軀已癱跌在地，右眼上的小小紅痣靜靜躺在眼皮上，無法再惑人心神。

見大勢已去，姚眞倉皇中結起手印，吟誦咒語，周旁頓時竄升幾道柱狀黑霧，將她圈圍其中。

「想跑？」鳳簫左臂一展，桃木劍飛騰出去，阻斷黑霧連成法陣，將姚眞帶離。

「妳以爲我會對妳心慈手軟？很可惜，我不會。」鳳簫足尖一蹬，靈動飄忽的身形已至姚眞身後，迅雷不及掩耳地伸手穿透她後背，深入她胸腔，硬生生掏挖出一顆跳動的紫黑色心臟，全力掐爆。

不再跳動的臟器在他掌中化爲黏稠汁液，星星點點滴落在地，屍人終於成爲不再甦醒的屍，寂靜了早就深沉的夜。

一切都結束了。

尾聲

雕花廊柱、透空窗花、實木大床……袁日霏再次睜開眼睛時，映入眼簾的仍是鳳家古色古香且氣勢磅礡的中式建築。

她死了嗎？

她動了動手腳，摸了摸臉頰，並未感到任何不適；緩緩從床上坐起來，觸碰了下房內擺設，手感眞實，又確認了一下眼前景物。

夢？

她起身下床，身上衣物潔白如新，站在地面感受踏實，房裡她的東西樣樣都還整整齊齊擺放於原位，除她以外空無一人。

不像夢，也不像死了，還是……所謂的靈魂、元神呢？

她推開門扇，走出房間，庭院裡撲鼻依舊是青草綠林的氣息，如同她剛搬來鳳家時那樣。

接著往前走了幾步，隔壁鳳簫房裡傳來許多人聚在一起的談話聲。

「我就說，地下河那邊不能劃爲國家公園的嘛！你把地下河周邊的地全買下來可不是爲了給別人用的，你千萬不要答應他們，就算他們找那個跟你很熟的樊市長來談也不行啊！我們自己發展爲觀光區，售票、租船、賣賣食物，他們能拿我們怎樣？而且，那邊我裡裡外外都仔細研究過了，風水陰煞之氣太重，沒有我們鳳家在那布法坐鎮哪行？」這道女聲聽來嬌蠻，不用往房內探看便知道是鳳五。

袁日霏在門前停下腳步。

「放心，我會斟酌。」回話男聲斯文中帶著威嚴，一句話就令鳳五安心也安靜。這絕對是王遠慮，袁日霏心想。

「欸，鳳笙，你不是說小寶最近有個死生大劫嗎？就是這次嗎？那小寶的劫到底渡過了沒呀？之後應該不會再有了吧？」八寶的聲音加入談話，她的聲音袁日霏聽得最多最熟悉了。

「過了，就是這次失去靈能，遭到陰兵和姚眞攻擊的劫難，若是風水樹沒有重生，恐怕——」

「好好好，別說了，我知道了！」八寶連忙打斷鳳笙，阻止他說出什麼不祥的話語。「眞希望日霏趕快醒來，我買了好多食材，等她起來，我就可以大煮特煮了。」

門口的袁日霏驀然感到額角浮汗。大煮特煮是怎麼回事？之前已經是二十道菜的排場了，如今難道打算變成四十道嗎？

「你們有完沒完？為什麼都要擠在我房裡聊天啊？很吵欸！」爆氣的當然是鳳簫，袁日霏差點笑出來。

眞好，不管是不是夢，不管她是不是靈魂，聽見鳳六好好的，很有精神，就是很令她開心。

等等……不對，既然八寶說要煮東西給她吃，那麼，她應該確實還活著吧？袁日霏又低頭看了看自己的手腳，有些不可置信。

「聊聊天不行啊？你不也在這裡？」房內的對話仍在持續，鳳五埋怨。

「這裡是我房間，我當然在這裡！」有理說不清啊根本！

「在隔壁房間聊天會吵到日霏啊，日霏歷劫歸來，需要休養。」

「我也歷劫歸來，我就不用休養了嗎？」

「你不一樣啦！」

「哪裡不一樣？」

「小氣欸！日霏又不是你一個人的。」

「滾滾滾！都滾！」鳳簫開大絕，決定把房間裡的人統統攆出去。

房內傳出一陣桌椅拉開碰撞的聲響及腳步聲，袁日霏猜測應該是有人要出來，頓時莫名有些心虛，趕緊快步走回自己房裡。

雖然，她剛剛是覺得冒然敲門打斷他們談話不太禮貌，但不管怎麼說，站在門口偷聽別人說話更沒有禮貌。

沒想到才回房不久，鳳簫就接著走進她房裡了。

「咦？妳醒了？」鳳簫一愣，顯然沒料到她已經清醒，表情略顯驚喜。

「覺得如何？有哪裡不舒服嗎？」他很自然地走過來，伸手觸碰她臉頰，又摸了摸她右耳。

從他手上傳來的熱度非常溫暖，袁日霏有些不自在，但經歷了一場劫難後的平安及重聚顯得太可貴也太美好，因此她沒有躲開，反而有些慶幸及耽溺。

「沒有。」袁日霏搖頭。

鳳簫睇著她，抿了抿唇，分明想說些什麼，又硬生生嚥回去。她還沒醒時，總覺有很多話想對她說，如今她眞醒了，他一時間卻不知該先說什麼才好。

不說話是有點尷尬，但讓曖昧難言的氛圍在空氣中盪漾發酵，似乎也挺不錯的。

兩人靜靜望著對方，就這麼沉默相視了片刻，最後袁日霏受不了被他望得越漸喧囂的心跳，出聲破壞。

「剛剛我走出去時，聽見你們說話……」

「噢，不用理會，那只是富可敵國的王遠慮先生把地下河周邊的地全買下來了，而他善於斂財的妻子正在發表斂財之道。」鳳簫一言以蔽之。

「……」到底該說這一言以蔽之精闢，還是隨便？算了，袁日霏不想弄懂了。

「我……沒有死？爲什麼？我念了手記上的咒語，啟動了那個返陽的陣術……你們說我是陣引，得用我煉陣……」

「因爲妳身上有鳳家指印，和風水樹出自同源，風水樹生，妳也得生。」鳳簫明白她的意思。她是要問，既然陣術順利啟動，身爲陣引的她就該死了，爲什麼她還活著？

關於這點，他和鳳五、鳳笙，鳳家的所有人，都深感驚訝，也深感慶幸。

慶幸她是一個如此果敢堅毅的人，慶幸她有翻閱鳳五的手記，慶幸她的記憶力驚人。

他們沒有任何一人能想到，鳳家風水樹能以這樣的姿態重生，同時也爲她帶來一線生機。

「這幾天，鳳五因爲妳，又開始闡述她那套了。她雖然沒有靈能，什麼也不會，但她能用她的方式撐起鳳家，是鳳家的天選之人；就像妳，雖然一路走來跌跌撞撞，危急時刻卻能令鳳家風水樹因妳而生，也是鳳家的天選之人。」鳳簫揉了揉她髮心，說得有些好笑、認眞，又帶著幾分溫柔。

天選之人？

這個說法，她並不是第一次聽見了。

曾經，鳳五也私底下對她說過——

「日霏，每個人都是帶著天命降生的，雖然有茫然的時候，雖然有迷途的時候，更有絕望的時候，可是日霏，妳要相信妳是天選之人。」

天選之人？多麼含糊的詞彙……

她曾經對自己的運命充滿怨懟恐懼，以爲鳳五只是在安撫她的不安罷了，然而用在此時，卻彷彿能解釋一切冥冥。

「于隊呢？他還好嗎？」先不管那些了，總之，她平安了，而她更關心別人的平安。袁日霏開始問起其他人的消息。

「他活得好好的，一天到晚在刑警局裡吹噓自己以一擋百的英勇事蹟。破了這個案子之後，他還找到一堆和姚眞合作過的處理無名屍的人頭，升官在望。」鳳籬對于進永遠充滿濃濃鄙視。

「破了這個案子？都是些難以舉證的事不是嗎？怎麼破的？」那些符、咒術，沒有一樣是具體證物。

「廖女士醒了，提供了姚眞慫恿她擺放炸彈的證詞，另外也在她的幫忙之下，找到地下河岸姚眞的小廟，廟裡有許多信徒的名冊，還有各式各樣的證物、遺體、指紋……總之，于進說他很努力寫報告了，不能被採信的那些，他全避過了。」

「原來如此。」袁日霏忖了忖，點頭，又問：「那姚眞她……」

一提及這個名字，鳳籬就是滿心的嫌惡。

「她已經死透了，死得不能再死，就算大羅金仙來也沒救了，至於姓黃的那傢伙嘛……他那一縷主魂將散未散，我收去給鳳笙了，其餘就看他造化了。」

「收去給鳳笙？爲什麼？」

「因爲他救了妳。」有恩報恩。不過，由於黃立仁暗戀袁日霏，所以他又不想救得太徹底。哪邊遠滾哪邊去吧！眞希望嚴格的鳳笙可以順便虐待黃立仁一下。

「鳳笙會帶著他做什麼呢？」袁日霏無法想像。

「不要問、不准問、不用知道。」才不要報告情敵行蹤。鳳簫板起臉來。

「……」好吧，至少鳳笙不是壞人，至少黃立仁沒有完全消失，她內心還是感到有些安慰的。

「那鳳二呢？」袁日霏再問。

「放心，她也好好的，將功抵過，可以封神了。不過，她說她還想在樹上多玩一會兒……莫名其妙，樹有什麼好玩的？我看她是想趁機出來溜達吧？」

他的回答令袁日霏失笑，唇邊勾勒出幽微笑意，眼睫上的漂亮紅點搧呀搧的，美麗得令鳳簫心神一盪。

「來吧。」鳳簫眸中藍紫色波光閃動，天外飛來一句。

「來吧什麼？」袁日霏呆愣了會兒，莫名其妙地問。

她原本還以為鳳簫要帶她去哪裡，才會說「來吧」，已經打算提步跟他走，沒想到他卻立在原處，動也不動，害她也跟著站在原地發呆了好一會兒。

「既然事情都解決了，妳可以說了。」想賴帳啊？鳳簫雙手盤胸，挑眉，神情不悅，手心卻隱約冒汗，分外緊張。

「說什麼？」袁日霏依舊一頭霧水。

「我已經準備好接受妳的告白了。」

「……」劫後餘生，開口竟然還是這件事？這人究竟有完沒完啊？

「快點，妳答應過的。」快告白啊！他緊張得快死掉了。鳳簫的口吻越發陰狠。

慢著！什麼她答應過？她答應了什麼啊？

原本不是說等所有事情結束，再等她回答的嗎？

怎麼事情眞結束之後，卻是強迫她回答了？而且，似乎還只接受一種答案？

她是有打算回答沒錯，但他問得太快太突然，她還沒有做好心理準備……

袁日霏答也不是，不答也不是，兩人就這樣大眼瞪小眼，僵持了好半晌，最終，袁日霏決定投降了。

「鳳六。」

「幹麼？」快點快點快點！

「我在想，姚眞她……我一直在想，她在養父的遺體下擺放炸彈，還有，她特地跑來現場給我親緣鑑定報告，究竟是爲什麼呢？」袁日霏竟然拋出這個問句。

不是吧？他都已經準備說「我願意」了，她居然問他這個？

「誰知道啊？管她爲什麼。或許她想打擊妳，趁著爆炸混亂取走妳魂魄，又或者她只是想故布疑陣、毀屍滅跡，好讓我們找不到她藏在哪裡。拜託！妳現在扯這個對嗎？」鳳簫簡直快崩潰了。

「可是，我們還是找到了。」袁日霏壓根沒理會他的崩潰。

「是『妳』找到了。」是她找到地下河的沒錯，不過早知如此，他什麼都不跟著找了！鳳簫氣結。

「你說……從養父身上提取到的浮游生物，之所以在爆炸中失而復得，是不是養父冥冥之中的安排呢？」

「不要再『你說』了，我不想說。」鳳簫仍在爲了她的不正面回答問題懊惱。

「我想，養父並不像姚眞說的那樣……我想，他還是對我很好的，之所以想和你碰面，或許也是因爲他後悔了……」袁日霏仍在自顧自地說她想說的。

「咦？」鳳簫懊惱歸懊惱，賭氣歸賭氣，聽見她這麼說，卻猛然一愣。

他總覺得，她好像有哪裡不一樣了，她以前老把事情往壞的地方想，老認爲她會拖累別人，如今竟主動往好的地方想了？

返陽順便轉念換腦？眞是可喜可賀。

無論令她改變的原因是什麼，他都很樂於見到她這樣的改變。

不過，既然提起這個，他決定勉爲其難地暫時把告白這事擱在一旁，先告訴她一件非常重要的事。

「袁日霏。」鳳簫有點不情願地喚。

「嗯？」袁日霏揚起眼睫。

「我查過了，妳出生的那天，全臺灣都沒有下雨。」

「什麼？」袁日霏不明白這句話爲何冒出來。

「就是，妳之前不是說，妳的人生就是一連串的雨嗎？和妳的名字一樣。可是，其實妳的名字不是下雨的意思，而是『非雨』。」

「非雨？」袁日霏還是十分困惑，她一直以爲她的名字是雨日之意。

「對，日霏，不是雨日，而是非雨。」鳳簫說得十分肯定。

他絕對不會招認，那是他動用了一些小手段，比如觀落陰啥的……咳！

總之，他找到她養母——不對，不是養母，而是她的親生母親——逼問爲何取個那麼倒楣的名字，害得袁日霏日後想起來心裡難過，她母親便親口告訴他了。

她說，袁日霏出生前，臺灣連續下了好幾天豪雨，甚至有不少地方都傳出災情。可是袁日霏一出生，連日大雨便停了。

所以她一直覺得，袁日霏是個深受祝福而生的孩子，只要有袁日霏在，每天都是幸福的。

雨日非雨，日日非雨，這才是她名字的眞正含意。

「不是雨天的意思，而是不下雨？」袁日霏停頓了會兒，又問了一次。

「對。」

「你去哪裡查天氣？」袁日霏從來都不笨，仔細一琢磨，很快就抓到破綻，總覺得鳳簫好像還有什麼事情瞞著她，沒解釋清楚。

「會不會聊天啊妳？妳管我！」鳳簫冷冷地揚起一道眉。

這時候不是應該謝謝他，好好抱他一下、親他一下，最好還能順便告白一下，大力稱讚他的體貼窩心之類嗎？打破砂鍋問到底是哪招？

看著他如此氣急敗壞的模樣，袁日霏更加認定事有蹊蹺，不過，無論她怎麼揣想，都不會聯想到觀落陰這上頭，畢竟這實在太超脫她的認知範圍了。

「算了，不重要，非雨也好，雨日也罷。」對於他的心意，她還是很受用的。對於他張揚的體貼，自以爲低調的暗戀；對於他與她之間的共鳴，彼此之間的默契；對於他死生關頭仍對她心心念念的看顧，對於他日夜相守陪伴的支持與牽掛，她都非常珍惜，就算是雨天，也是有著彩虹的雨天。

「什麼不重要？」她妹的！觀落陰很累的好不好？他爲她做得這麼辛苦，只換來她一句「不重要」？

「我喜歡你。」這才是重要的事，袁日霏冷不防冒出一句。

她想，早就想，等到所有事件結束，若還有機會，要親口告訴他的。

而她剛剛冷靜了一下，東拉西扯，把所有疑問一股腦問完，所有想說的話說完，現在已經做好心理準備，不要再感到遺憾了。

教練！這人平時都不接球，一出手必定直球是怎樣？鳳簫覺得他有朝一日中風或是心肌梗塞的話，絕對是袁日霏害的。

「袁日霏。」

「幹麼？」

「妳這該不是屈打成招吧？」鳳簫小心翼翼地問。

「……屈打成招這個成語不是這樣用的。」袁日霏驚覺她現在不是句點王，而是刪節號王。良久，袁日霏才默默吐出這句。

「算了，不管了，既然妳都告白了，就要好好負責到底，快謝恩吧！」

「……」袁日霏已經徹底不想回話了。浪漫氣氛什麼的，全滾去異世界吧！

她怎麼會對孔雀懷抱著任何關於浪漫的妄想呢？

她怔怔望著鳳簫，又好氣又好笑，拿他沒辦法的同時，看見點點碎光落在他眸心，無比清晰地映照出她自己。

她是法醫，而他是命理學家，他們兩人站在科學與玄學的兩端，之間的相遇從來都不浪漫。

可他卻一直陪在她身畔，陪她經歷許多難解事件，知她、懂她，柔軟了她心房，也晴朗了她生命中的雨。

誰暗戀誰，誰喜歡誰，誰向誰告白都不重要，她只知道，有他相伴的每一天著實不壞。

他是她的上上籤，她的正曜，她的星。

日霏，非雨，她出生的那天，晴空燦爛。

因爲有他在——

（全文完）

番外一　星與心

「然後呢然後呢？妳離開醫院之後究竟發生了什麼事？」風平浪靜後的某日，簡霓找了個袁日霏難得的假期，將袁日霏拉到某間精緻典雅的下午茶館，殷殷切切地問。

「說來話長。簡單地說，就是，其實……」袁日霏以攪拌棒攪動著桌上的水果茶，輕啜了口，一五一十向簡霓報告。

她知道，她這些日子以來沒令簡霓少操心過，而如今距離姚眞案件偵結已過月餘，養父後事辦理妥當，她也返回工作崗位，生活一切如昔，是該好好向簡霓說清來龍去脈了。

「所以呢？現在案件結束了？已經不會再有危險了？」聽完袁日霏訴說種種，簡霓心驚膽跳、餘悸猶存。

「理論上是這樣沒錯。」袁日霏點頭。

「太好了。」簡霓鬆了口氣，想起些什麼，又問：「妳還住在鳳家嗎？」

「嗯。」

「要繼續住多久？還是就不搬了？」簡霓問得有些曖昧。

「怎麼可能就不搬了？」袁日霏橫了簡霓一眼，攪拌著飲料的動作卻無意識停下，顯得有些心煩意亂。「其實……我也思考過這件事，總覺得繼續住在鳳家不太妥當，但是立刻搬出去又怪怪的，好像利用完別人轉頭就走……」

袁日霏說得為難，然而簡霓彷彿抓到了什麼小辮子，聽得很高興。

「妳這樣說是沒錯啦，立刻搬出去確實有翻臉不認人的嫌疑，可是，妳猶豫不決單純只是感到怪怪的，還是也有點捨不得鳳六？」簡霓神情充滿玩味。

「咳、咳咳——」向來沉穩的袁日霏難得被嗆到。

「小心點。」簡霓趕忙遞了紙巾與水給袁日霏，幫她拍背順氣，不過實在又太想八卦袁日霏目前與鳳簫的進展，於是一邊拍背，一邊笑著添了句：「齁！妳反應這麼大，一定是心虛。」

「什麼心虛，淨說些五四三。」袁日霏瞪簡霓。

「什麼五四三？我都還沒開始呢！」簡霓抗議。「既然妳都這麼說了，那我就直接問了。妳和鳳六現在到底怎樣？」簡霓不服。她已經旁敲側擊得這麼含蓄了，袁日霏竟還嫌她？既然如此，她就索性把罪名坐實，打破砂鍋問到底！

「什麼怎樣？」袁日霏太陽穴跳了一跳，神色不動如山。

「齁！妳再裝啊！交往了嗎？牽手了嗎？接吻了嗎？做——」

「好好好，怕妳了，停！」簡霓拋出的問題越來越驚人，袁日霏越聽越驚悚，趕忙打斷。

「坦白從寬。」簡霓欣慰。

「妳想的那些亂七八糟統統沒有，只是我單方面的告白而已。」告白前的牽手應該不算吧？他們現在又算是在交往嗎？似乎有點像，又不是很像，總之，先否認就對了。袁日霏盡量說得面不改色，僅有微微發燙的耳朵出賣了她的困窘。

「啥？」簡霓的表情像聽見外星人正在打籃球。

「妳已經聽到了。」袁日霏垂首，再度開始攪拌起桌上飲料，不願再說了。

「怎麼可能是妳告白？日霏，難道妳是被屈打成招？」簡霓小心翼翼地問。

「不是。」袁日霏回應得頗無奈。鳳六說屈打成招，簡霓也說屈打成招，是怎樣？全世界沒別的成語能用了嗎？

「好吧，妳告白就妳告白。那妳告白之後，鳳六有表示什麼嗎？」簡霓接著問。

「如果叫我好好負責算是一種表示的話。」袁日霏聳聳肩。

「啥？」簡霓看來更訝異了。「他沒有說他也喜歡妳？」

這個「也」聽起來實在令人困窘，但袁日霏刻意忽略，只是緊抿唇瓣，搖頭。

「說他愛妳，又或者說什麼從今以後妳就是他的人了，叫妳好好待在他身邊之類？」

「誰會說這種話？」袁日霏睜大雙眼，不可思議。

「總裁。」簡霓斬釘截鐵。

「哪來的總裁？」袁日霏真是敬佩簡霓隨時都能胡扯的本事。

「啊！我不管啦，總之妳告白之後，鳳六這種態度也太隨便了吧！」簡霓仰頭灌了一大口飲料，義憤塡膺了起來，猛地搖頭。「不行不行，這樣絕對不行，一定要正名！」

「正名？」袁日霏完全聽不懂簡霓在說什麼。

「是啊，就是正名。」簡霓振振有詞。「姑且不論鳳六有沒有好好回應妳的告白，光是同居這件事就需要名正言順，怎麼可以讓鳳六這樣蒙混過去呢？妳看，同居可以有很多名目的嘛，分攤房租、安全考量……各式各樣有的沒有的理由。當初既然是為了安全因素搬去，而現在風波已過，為了什麼理由住在一起就很重要了。假如妳不是鳳六的女朋友，只是一個『向鳳六告白過的對象』，那有什麼理由必須住在鳳家啊？妳不覺得你們之間的關係需要好好釐清，妳究竟是他的誰這件事，也需要好好正名嗎？」

袁日霏沉默未語，總感覺簡霓說的似乎有點道理，又似乎全無道理。

「總之，日霏，雖然我很喜歡鳳六，但我更喜歡妳啊。哪有這麼便宜的事，女生告白，拋一句要女生好好負責這種話就算了，連兩人之間的關係都不說清楚？」簡霓哼哼，又不禁碎念：「怪了，鳳六一副精明的樣子，處理感情的方法居然這麼差勁，難不成是個戀愛智障嗎？」

袁日霏完全不知道該回應什麼，只是悶頭喝著桌上那杯快被她攪出沫來的水果茶。其實，她認為「戀愛智障」這評價用在她身上也非常合適。

向鳳六表示過心意之後，她仍不是很明白要如何與鳳六相處。兩人共處在同個屋簷下時，她更是經常手足無措、心跳怦然，無法自已；望著他時緊張，不望著他時又感到心慌。

多巴胺、雌激素……她可以用任何科學角度去解釋戀愛，去說明她身體、心理上的種種反應與不對勁，可實際上，她對於這些正在發生的感受十分陌生。

從前談戀愛時也會如此忐忑嗎？她發現她已經想不起來了。

她明白鳳六喜歡她，但鳳六究竟喜歡她什麼？對於他們之間的關係又是怎麼定義的？

她好想知道這些問題的答案，又不是很敢鼓起勇氣發問。甚至，她竟然連自己爲何不敢問的理由都弄不清楚。

胡思亂想，她越思考越不踏實，總有種無邊無際的不確定感，難道眞像簡霓所說的，是因爲鳳六從沒正面回應她告白的緣故？

「日霏，妳在想什麼？」

「沒什麼。」

「妳這哪是沒在想什麼的臉啊？」簡霓才不信。「反正，接下來妳不是要出差到臺南，去參加一個三天兩夜的研討會嗎？」

「嗯。」

「那就利用這段和鳳六分開的時間，好好釐清自己的感受、沉澱心情，也讓鳳六認清妳的重要性。小別勝新婚，希望等妳回來之後，鳳六就不再智障了。」

這算是個祝福嗎？袁日霏失笑。

不過，簡霓說的沒錯，和鳳六長時間待在同個屋簷下實在太令人心煩意亂了。偶爾把距離拉開，或許她能因此踏實一些。

好，就這麼辦。

另一頭，在袁日霏下定決心的同時，鳳簫與于進也在進行一段令人心煩意亂的對話。

「吊橋效應？」鳳簫劍眉微揚，聽不懂于進在說什麼。

「對啊，就是吊橋效應。」于進點頭。「你應該知道吧？就是那個吊橋實驗啊，當一個人走過吊橋時，會因爲緊張而提心吊膽，不由得心跳加快、呼吸急促。假如這時候，這個人碰上一位異性，那麼他就會誤以爲這種心跳加快的感受是源自於這位異性，以爲是這位異性令自己心動，進而產生感情。總之，就是一種情境錯覺，生理欺騙心理的典型例子。」

「這跟我有什麼關係？」鳳簫莫名其妙。

「怎麼會沒關係呢？你想想，我們之前經歷過一連串案件，每件都那麼危險，而且袁法醫還因此失去了親人。在這種險惡的環境之下，唯一能解決事件的人只有你，那袁法醫當然會依賴你，甚至還會覺得你是救世主，帥氣得不得了，對你產生一些莫須有的妄想——」

「莫須有的妄想？」鳳簫危險地瞇起長眸，食指和中指間似乎夾著什麼利器，對準于進。

「不不不，不是莫須有。」于進驚恐地捕捉到鳳簫指間一閃而逝的銀光，抹掉額頭的汗，試圖找出溫和一點的措辭。

「我的意思是，之前那麼危險的時候，袁法醫可能覺得你的帥氣度是三百，所以才向你告白。可是，現在危機解除了，你的帥氣度就只剩下兩百九十九，然後她就突然醒來了。」

「醒來你妹。」鳳簫兩指發勁一擲，一枚古錢驚險地擦過于進頰畔，重重嵌入于進身後那片牆，暴力地結束這回合。

「吼，哥可是靠臉吃飯的！」于進看著那枚差點令他毀容的古錢，忿忿不平地向鳳簫抗議。「好心被雷劈，當你是兄弟才提醒你，有妹當哄直須哄，莫待無妹徒傷悲啊！你這個傻逼，仗著袁法醫向你告白就成天樂呵呵的，自以為已經攻城掠地，好整以暇，等哪天袁法醫跑了，你想挽回都來不及了。」

「她沒事幹麼要跑？」實在聽不懂于進的邏輯，鳳簫瞪于進，覺得于進在胡說八道。

「她不跑才奇怪咧。事情都解決了，她還住在鳳家幹麼？你又沒給人家個交代。」于進瞪回去，覺得鳳簫這孩子眞是好傻好天眞。

「給什麼交代？」鳳簫還是不明白于進究竟想表達什麼。

「哇靠！你眞的戀愛智……沒沒，我才是智障，智障是我。」見鳳簫不曉得又從哪生出另一枚古錢，亮晃晃地對準他，于進連忙改口。

「說人話，什麼交代？」鳳簫又問了一遍。

于進發現要和戀愛智障溝通實在挺困難的。

「就是，既然人家女孩子都放下身段告白了，你也要好好把你的心意說清楚，讓她明白她對你很重要……」

「她當然明白她對我很重要，這還用說嗎？」袁日霏從來就不笨，于進才是白痴。鳳簫鄙視。

「絕對要說啊！」于進對戀愛智障深深寄予同情，決定說得更白話一點。「總之，你就把今天當作是世界末日，然後把腦子裡那些明明很想說卻還來不及說的統統說完，想做還來不及做的也統統做完，這樣就對了。」

「世界末日？世界末日的話，唯一想做的不就是怎麼讓她活下去嗎？」鳳簫想也不想地回答。

「你怎麼會這麼白痴？」于進無語問蒼天。

「我才想問你怎麼會這麼齷齪。」鳳簫橫于進一眼。既然是世界末日，還有什麼比確保袁日霏的安危更重要？

「好好好，讓她活下去。」但讓他死了吧，于進放棄。戀愛智障果然無法溝通。

「無聊。我要走了。」鳳簫站起身來，轉頭就走，深感與于進對話簡直浪費生命。

什麼世界末日？什麼吊橋效應？無稽之談！袁日霏那麼聰慧機敏，她說喜歡他，絕對就是眞心喜歡他，哪會受什麼吊橋效應擺布？

……可惡！去他的帥氣度只剩兩百九十九，危言聳聽的于進根本妖言惑眾！鳳簫走著走著，不禁又有些不安。

于進說的那什麼吊橋效應，會不會眞有幾分道理？袁日霏和他告白過後，他確實什麼也沒表示，會不會袁日霏其實很在意于進口中所謂的「交代」？

懷抱著惴惴不安的心思，鳳簫面色凝重地回到鳳家。

一回鳳家，他理所當然想先去看看袁日霏，好讓自己安心，未料才走到袁日霏房前，便看見八寶與袁日霏兩人站在房門口，而八寶摟著袁日霏，眼睛紅紅的，看樣子好像在哭。

「日霏，答應舅媽，妳不在鳳家的時候，要好好照顧自己。」

鳳簫走近就聽到這句，腳步頓時凝滯。

不在鳳家的時候？八寶在說什麼？怎麼這句話聽起來這麼可疑？

「知道了，別擔心。」袁日霏回摟八寶，從最初的不適應，到如今被八寶摟得越來越習慣，甚至還能伸手拍拍八寶的背安撫。

雖然，偶爾她也會覺得八寶這種簡直將她當女兒的行爲太浮誇，時常被弄得哭笑不得，但八寶對她的疼愛隱隱約約彌補了她在成長過程中缺乏母愛的遺憾，又令她備感窩心。

「好。那我趕快去準備一些東西，好讓妳帶著路上吃。」八寶抹了抹眼角的淚，不等袁日霏拒絕就跑了。離開的時候，她經過鳳簫身旁，似乎怕被發現剛哭過，趕忙和鳳簫點了個頭，快步通過。

「她幹麼？」鳳簫奇怪地睞了一眼八寶的背影，走到袁日霏面前，問。

「沒什麼，就是幫我張羅食物。」袁日霏望向鳳簫，回想起稍早前和簡霓的對話，和自己那些兜兜轉轉的戀愛心思，臉頰不禁有些發燙，唯恐被鳳簫察覺，旋足便往房內走。

「現在幫妳張羅食物是張羅哪頓啊？午餐過了，晚餐又太早。」鳳簫垂首看向腕錶，疑惑發話。

他跟著袁日霏朝房裡走，不走還好，一進門，看見袁日霏桌上的行李和尚待收拾的物品，他神情一愣，連結起方才八寶那句可疑的話，不祥的預感越漸擴大。

「那妳又幹麼？為什麼收行李？」牙膏、毛巾、洗面乳、衣服……這不是收行李是做什麼？鳳簫挑眉，突然覺得太陽穴有點痛。

「等哪天袁法醫跑了，你想挽回都來不及了。」

這一定是于進的詛咒！他的釘子和草人呢！

「我……」袁日霏才起了個頭，便被鳳簫出聲打斷。

「妳要搬走？」鳳簫急問。

他是不是誤會了什麼？看著鳳簫此時略帶慌張的模樣，袁日霏認爲她應該趕緊澄清。

可是，想到鳳簫的從未表態，她突然又覺得就這麼將錯就錯未嘗不可，很想弄清楚鳳簫如今的想法。

「當初就說住到事件結束，現在不是都結束了嗎？」袁日霏給了個很容易令人誤會的回答。

「是這樣沒錯，但……」鳳簫欲言又止，眉頭深鎖。

「還會有危險嗎？」

「倒不至於。」

「那就對了。」

「哪裡對啊？」鳳簫立刻反駁。

「嗯？」他這麼說，可見很不願意她搬走。袁日霏不由得緊張，相當期待他接下來說的話，又不禁有點害怕，十分忐忑。

「妳搬走的話，八寶會很傷心，鳳五會很無聊。」鳳簫眼神飄了飄，脫口而出的居然是如此無關緊要的一句。

「八寶已經接受了，五姑娘絕對不會無聊。」這時候提八寶和鳳五是哪招？袁日霏直勾勾地注視著鳳簫，想從他眼中看出他的思路與邏輯。

「大家住在一起比較不會寂寞。」鳳簫被看得有些心虛，很想趕快打消她搬走的念頭，卻又不是很想坦承他的捨不得，只好東拉西扯，胡亂找理由。

「我獨居過很長一段時間。」袁日霏略過了「寂寞」兩字不談。她的確獨居過很長一段時間，也從不認爲自己怕寂寞。但是，如今有過在鳳家生活的經驗、參與過這麼熱鬧的家庭，恐怕有朝一日離開，她確實會感到寂寞。

「繼續住在這裡的話，假如我要出門，妳可以開車載我。」鳳簫仍在努力尋找亂七八糟的藉口。

「你需要司機？」他爲難了好半天，吞吞吐吐，看起來這麼不願意她離去的樣子，結果說來說去，居然扯到開車載他？袁日霏不可置信，非常崩潰。

「怎麼會是需要司機？妳是笨蛋嗎？」一直彆彆扭扭，無法坦率表達心情的鳳簫惱羞成怒，比袁日霏更崩潰。

「那不然呢？」袁日霏瞪他，漂亮的眼眸中盛滿失望，也有些沒來由的火氣。

「我不是說過了？既然都向我告白了，妳就要好好負責。」鳳簫回瞪她，爲何她就是聽不懂他想表達什麼！

「每個向你告白過的人都要負責？」

「怎麼可能？跟我告白過的人排起隊來都能繞臺灣兩圈了。」

「那爲什麼我要？」都什麼時候了，他還要強調告白人數？袁日霏眞是無力。

「因為——」想起于進的世界末日理論，鳳簫很想立刻說些什麼，可嘴唇掀了又閉，閉了又掀，幾度嘗試皆無法順利開口。

「因為什麼？」袁日霏的心跳再度加快，滿心期待地望著他，可鳳簫只是神色複雜地與她相視，再沒說出任何一句話。

兩人就這麼僵持對峙了會兒，袁日霏放棄，有些無力地轉過身，機械化地動手收拾行李。

其實，她現在感受到的無力感，有某部分也源自於對自己的懊惱，覺得這麼想聽他說「喜歡」的自己很蠢，卻無法阻止自己這麼盼望。

怎麼一談起戀愛就會變成這樣呢？她比誰都明白鳳簫對她的喜愛，為什麼要如此執著於聽他親口訴說？

一見她收行李，鳳簫急了，大跨步擋到袁日霏前頭，硬生生橫在她與行李中間，阻止她動作。

「怎麼了？」袁日霏皺著眉，揚睫睞他。

「于進說妳，那啥，說不定只是吊橋效應。」鳳簫戒慎地打量著她。

「吊橋效應？我？」袁日霏一愣，腦海中瞬間跑出關於吊橋效應的種種實驗，蹙起眉心想了想，淺淺應了句：「噢。」

由於剛才鳳簫胡扯過太多不相關的事，導致她無法立即反應過來吊橋效應與她之間的關聯，也沒有深思于進為何會提及這件事。

不反駁是怎樣？袁日霏正要將衣服放進行李裡的手被鳳簫捉住。

「『噢』是怎樣？妳說清楚啊。」鳳簫陰鷙地瞪著她。

「說清楚什麼？」

「吊橋效應。」

「那個實驗就是——」袁日霏認眞想解釋。

「不是要妳說實驗內容！」鳳簫爆氣，理科腦眞可怕。「是要妳說，妳眞的是因爲吊橋效應，所以才向我表白，然後現在因爲不在吊橋上了，所以才要搬走？」

「你很在乎嗎？」他這麼一說，袁日霏終於意會到吊橋效應和她有什麼關係了，興致一起，反問。

「我當然在乎。」明知故問啊！鳳簫眞想捏死她。

「那你只要說，你希望我留下來就好了。」袁日霏突然覺得非常荒謬，荒謬中又摻雜了幾分好笑。

「我說了妳就會照做？」鳳簫揚眉。

「絕對比你扯到八寶、五姑娘，還有覬覦我的駕照好。」

誰覬覦她的駕照了？算了！現在可不是爭論這個的時候。

「我希望妳留下來。」鳳簫深吸一口氣，說出這句話時的表情和荊軻要去刺秦王差不多。

「還有嗎？」看平時囂張得意的他如此糾結，神情爲難，好不容易才吐出這句話，袁日霏方才還很無力的心情悄悄飛揚了起來，想再從他嘴裡撬出什麼。

「妳要對我負責。」鳳簫斬釘截鐵，重重強調。

「還有嗎？」

「我討厭吊橋效應，不准是吊橋效應！」鳳簫惡狠狠的。

「還有嗎？」袁日霏玩心大起。

「妳到底還想聽什麼？」得了便宜還賣乖說的就是她！鳳簫咬牙，袁日霏的心情卻豁然開朗了。

「沒有了。」袁日霏思考了會兒，搖頭。她還想聽很多，不過已經夠了。

她自己也是個很難坦承心聲的人，能看見他如此焦慮心慌，急著想留她下來的模樣便足夠了。

簡霓說的什麼正名就算了吧。不管別人怎麼說、別的情侶如何相處，他們不用和別人相同，只要兩人都安於這樣的模式就好。

「我很快就回來了，三天兩夜。」袁日霏決定不要再整他了。

「三天兩夜？去哪？」搬家還有搬幾天幾夜的嗎？鳳簫意識到不對勁了。

「臺南。出差。」袁日霏點點頭。

「所以，妳收行李是因爲要出差？」鳳簫臉上的表情非常精采。

「是。」

「妳騙我？」

「我沒有騙你，是你自己誤會了。」

「妳——」鳳簫想發難，險些對她罵出什麼「誤會妳妹啊」之類的垃圾話，可是又怕眞把她罵走，只得硬生生嚥回去。

「我怎麼了？」她掀動唇瓣，嘴角揚起，勾出一道若有似無的弧度，像要藏住笑意，卻無法掩飾。

「算了。」鳳簫再有想數落她的話，也統統說不出口了。

好漂亮……他時常覺得，她的笑容明明十分淺淡，卻總能深深震懾他心魂，是一種能撼動全世界的美麗。

世界末日是嗎？好吧，難得聽于進一回，他確實還有很多話沒對她說。

「我說過要當妳的主星，對吧？」他傾身，伸手撫觸她光滑柔膩的臉頰，悄悄帶走袁日霏一拍心跳。

「嗯。」袁日霏頷首，他掌心的溫度熨得她臉頰發燙。

「所以，爲了公平起見，妳也得當我的才行。」鳳簫的大拇指刷過她鼻尖，報復似的捏了一下。

「當你的主星？我？怎麼可能？」袁日霏皺了皺鼻子抗議，伸手將他的手拍掉。

「我是說，當我的心——這裡。」他猝然拉過她的手，放在他自己的心口上。

「什麼？」雖然不明白他要做什麼，袁日霏卻被這個舉動弄得臉紅耳熱，手足無措。

「妳曾經問過我，是不是不想當鳳六，我現在可以回答妳，我確實曾經很不想。」鳳簫迎上她的目光，決定向她訴說從沒對人提起過的心事。他曾以爲他會保守著這個祕密，直到世界末日。

「爲什麼？」袁日霏訝異地問。她的手安分地被他握著，緊貼在他胸膛，感受他的心跳。

「因爲我不明白爲什麼我必須是鳳六。」鳳簫臉色一沉，平實訴說：「就像曾經和妳提過的，鳳家並沒有人眞正見過神。小時候我常想，既然沒有人眞正見過，爲什麼我要爲了一個虛無飄渺的神，把我的時間全部耗在修習術法上？那些妖、鬼，並不是我自己選擇要看見的，爲什麼我必須除掉它們，又或者完成它們的遺願？」

「嗯。」沒預期會聽見他這麼說，袁日霏心生柔軟的同時，也感到受寵若驚，似乎觸及他最不爲人知的一面，和他又靠近了些。

「我出生在鳳家，大家都說我天賦異稟、靈能強大，但這從來不是我主動選擇的。別人以爲我光鮮亮麗、呼風喚雨，可我其實只是被動消極地接受落在肩膀上的責任，且戰且走，從我被賦予的使命當中勉強找出一點樂趣罷了，沒有人在意過我喜不喜歡。」

「嗯。」袁日霏驀然間有些心疼。她又找到她與鳳簫之間的共同點了，他們兩人皆迫於無奈，無法選擇出身，僅能在無可逃避的處境裡找出最好的應對方法。

「我聽舅舅的話，因爲他是我舅舅；我保護我媽媽，因爲那是我媽媽；我必須面對上門求事的客戶，因爲那是鳳家的責任；我必須降妖伏魔，因爲那是鳳家的天命。但是，沒有一件事是我發自內心、心甘情願，不爲了任何理由而做。」

「嗯。」

「另外，我不爲客戶卜算感情，除了這類客戶總是耳朵硬、招人討厭之外，更因爲我拿這東西沒轍。坦白說，人與人之間的羈絆，時常令我心生厭煩。」起了個頭，說下去就容易了。鳳簫滔滔不絕，像要把從小到大藏在陰暗處的心事全數道出。

「所以，當初我們在趙家，妳說要用人的方式解決問題時，我嗤之以鼻，認爲妳根本愚蠢天眞至極。因爲我大多時候面對的都不是人，也從來不是用人的方式在解決問題。我背負許多責任，有許多該承擔的事情，但即使我把每件該做的事都做了，卻始終不覺得自己是個人，始終覺得自己沒有心。」

「嗯。」袁日霏不知道該回應些什麼，只能怔怔望著他，靜靜聽著他說。

「不過，當妳試圖保護我，試圖獨自承擔一切的時候，所有事情都不一樣了。」

「爲什麼？」袁日霏不懂。

「因爲，原來還有妳把我當成一個人，就只是一個普通人而已。不是一個強大的存在，不是一個單純的依靠。」

他這麼說令袁日霏鼻頭隱隱發疼，對他的心疼感漫漫漾開，在心底溢出一圈圈漣漪。

她想說些什麼，卻不知該說什麼才能確切表達感受，鳳簫深望她略顯憂愁的雙眼，卻扯唇笑了，揉亂她頭髮，又出手捏她臉頰。

「妳每次這樣看著我的時候，我都覺得心臟好像眞被妳掐住了，沒辦法呼吸……原來當一個普通人就是這樣，我終於能明白爲什麼那麼多人跨不過情關。」

不能呼吸的不只是他而已，袁日霏也因他的言語感到就快窒息，貼在他胸口上的那隻手彷彿燙到要融化，沒辦法注視他多一秒，又捨不得注視他少一秒。

明明那麼想聽他說些喜愛她的言語，他此時眞說了，她又無力招架。戀愛眞是邏輯之外的存在。

「袁日霏，我希望妳留下來，不管是在鳳家，又或者是在我的人生裡，我都希望妳留下來，希望妳當我的心。因爲有妳在，我才能覺得自己是個眞正的人。」鳳簫鄭重無比地道，這約莫是認識她以來，他說過最嚴肅認眞的話。

「好。」她望著他眸中的碎光，與眼底深沉的海洋，毫不遲疑地回應他的請求。

「不是吊橋效應？」鳳簫想了想，又不甚確定地問。

「不是。」他居然這麼在意于進的胡言亂語？袁日霏失笑。

「妳剛剛的保證永久有效？」

「嗯。」袁日霏點頭。

鳳簫終於眞正放下心來，神情非常愉快。

他凝視著她良久，忽而傾過身來，高大的身影屏蔽住她所有的天。

袁日霏身體一僵，一顆心幾乎提到嗓子眼，緊張得不得了。

她原以為他會吻她，柔軟地閉上眼睫，等了老半天，卻沒等到預期的碰觸。

正想睜開雙眼，卻感覺右眼上似乎有什麼東西掃過，柔軟、溫暖，帶著他獨有的香氣。

袁日霏蝶翼般的睫毛搧了搧，睜眼，那個疑似在她眼皮上落下輕吻的男人含笑望著她，兩頰與耳朵都有抹可疑的暗紅。

眞的……是個戀愛智障。

袁日霏情不自禁伸手摸了摸彷彿還帶著他溫度的右眼，唇邊綻放一朵美麗的笑花。

可能，他們倆的技能點數都沒有點在戀愛上。

雖然或許慢了一點，遲鈍了一點，但是沒關係，他是她的星，而她，是他的心。

番外二　傳說中的情人節

理論上，據聞能夠眼觀陰陽、足踏生死的鳳氏家族，應該與西洋情人節一點關係也沒有。

至少，年幼時的鳳簫是這麼想的。

西洋節日怎麼會跟他們這些住在古宅大院裡、能夠驅鬼除妖的鳳家人有關呢？

他們鳳家可是一支古老神祕的東方家族，憑藉著草木生發之力壯大靈能，怎會需要過什麼西洋節日？

不過，人生處處意外，現實總是與預想中的不太一樣。

這天，年幼的鳳簫找遍宅內宅外，都沒找到母親的身影。

「鳳五呢？」遍尋不著母親的鳳簫問管家。

「報告少爺，五姑娘一早就說要去過情人節了。」管家報告得很平淡，鳳簫卻聽得很驚嚇，默默望了一眼牆上的月曆。

今天是二月十四日沒錯，但西洋情人節？

Excuse me，說好的古老神祕東方家族呢？西洋情人節關他們什麼事啊？

更何況，他都已經七歲了，父親與母親也算老夫老妻了吧？還過什麼情人節啊？難道不嫌幼稚嗎？

「那鳳笙和八寶呢？」算了算了。鳳簫轉而問其他人的下落。和稱呼母親的方式雷同，他總是直呼舅舅與舅媽名諱，而鳳笙與八寶似乎也比較喜歡他這麼喊他們。

今天宅子裡空蕩蕩的，就連一向喜愛在廚房裡忙東忙西的舅媽和喜歡在寫字房裡練習書法的舅舅都不見蹤影。

總愛一大早盯著他打坐晨練的舅舅不見人影，這根本是件破天荒的大事。

「報告少爺，也去過情人節了。」管家依舊說得十分平淡，但鳳簫聽得更驚嚇了。

太可怕了！平時那麼面無表情、那麼嚴厲變態的舅舅居然也要過什麼鬼西洋情人節？這簡直比親眼看到屍變還驚悚！

七歲的鳳簫嚇壞了，此後心裡默默留下西洋情人節是個不能等閒視之的節日的心靈陰影，鬼門開都沒有比西洋情人節來得更有魄力。

如此這般，帶著這樣的心靈創傷，終於來到了鳳簫也有情人的這年。

情人節，終於輪到他過情人節了吧！

他的情人袁日霏從事的是法醫工作，法醫雖然是個講究科學實證，看似相當理性的職業，或許不時興情人節這套……但是！法醫怎麼說都比鳳家人與情人節來得更有關係吧？

沒道理鳳家人過情人節，袁日霏卻不過情人節吧？

抱持著這樣的信念，鳳簫從一個月前就開始嚴陣以待了。

重點是，問題來了。

他究竟要怎麼過節？到底情人節該怎麼過算是有過節？他才不想去問爸媽或舅舅、舅媽！

吃飯？不好，太一般了，每天都在吃飯，更何況，外面館子的廚師未必比家裡的管家更善於料理。

看電影？也不好，在烏漆抹黑的電影院裡，他會看見的除了大螢幕之外，大概還有許多喜歡聚集在陰暗處的孤魂野鬼，他才不想跟那麼多電燈泡一起過節！

逛展覽？更不妙，袁日霏會感興趣的大概是與數理有關的展覽，又或者是木乃伊、兵馬俑那些，他會想睡覺。

Motel？不不不，第一個情人節還是清純一點比較好，至少Motel可以先往後擺……

好吧，算了，不如先來想想該送袁日霏什麼情人節禮物好了。

手寫卡片？不不，他向來畫符比寫字好看。

花？太快凋謝了，CP值太低，他們之間的感情怎能用迅速凋零的東西陪襯？

永生花？別鬧了！花屍也是屍，袁日霏平時接觸的屍體還不夠多嗎？

項鍊首飾名牌包？袁日霏才不喜歡這種東西……

鳳簫頓時驚覺自己是個情人節白痴，這世界上比抓鬼更困難的事情居然這麼多！

就這麼忐忑不安、進退兩難地拖著拖著，轉眼就拖到了情人節當天。

一早，鳳簫站在刑警局門口，一見到袁日霏，劈頭便問：「妳今天要幹麼？」

「上班。」不然呢？難不成她到刑警局來是要睡覺嗎？袁日霏一臉莫名其妙地望著鳳簫。

「下班之後呢？」

「值勤。」袁日霏繼續剛正不阿地說。

意思是，她今天即便下班了也要待命，鳳簫的臉色更難看了。

「還有別的事嗎？我今天一早有三臺解剖。」袁日霏看了看腕錶，很明顯在趕人。

「一個是不小心掉進河裡溺死的，另一個是自殺死的，最後那個是被一個叫做吳紀三的人殺的。」解剖什麼啊？問問旁邊的鬼就好了。

「……」這簡直跟用上帝視角開外掛差不多。

「你到底想做什麼？不要妨礙我工作。」證據呢？她還要寫報告，又不是靠他一張嘴就可以不用解剖，袁日霏沒好氣。

「妨礙妳工作？妳說我妨礙妳工作？」鳳簫炸開。

「就是。」

「今天是西洋情人節。」

「噢。」

「就『噢』？」什麼「噢」？快拿出一點表示，快給他驚喜啊！

「不然呢？鳳家過西洋情人節的嗎？」她不是不知道今天情人節，只是她壓根以爲這件事和鳳家沒有任何關係，和年幼時的鳳簫想法一樣，因爲這太不協調了。

「大家都出去過節了。」

袁日霏一愣，看來十分訝異，如實道：「我從來沒有過過情人節，有男友的時候是，沒男友的時候更是。」

「妳交過男朋友？」鳳簫漂亮的眼睛瞇起來了。

「需要這麼驚訝嗎？」這什麼反應？袁日霏的眼睛跟著瞇起來。

「那人是做什麼的？」

「是醫學院的學長，大我兩屆……等等，你拿草人幹什麼？」

草人是哪來的啊？哆啦A夢的異次元口袋嗎？袁日霏一臉驚悚。

「嚴格說來，也不算是戀愛吧？只是學生時代短暫的交往，比較像小孩似的家家酒，沒什麼感情基礎……鳳簫，把釘子放回去！」

釘子又是哪裡變出來的？袁日霏頭很痛。

「你到底在做什麼？」

「吃醋。」

他承認得這麼坦蕩，袁日霏反而彆扭了。

爲什麼有人可以令她感到頭痛得不得了的同時，又令她感到甜蜜？

袁日霏兩頰烘暖，面無表情地從公事包裡翻出一些東西，遞到他面前。

「我幫你申請了識別證，以後你可以自由進出刑警局來找我，還有，這是我辦公室的門禁卡。」袁日霏將手上的東西交給他，嚥了嚥口水，似乎有點緊張。

「當然，這於程序上是不合的，只是透過了一點關係，你的身分也有點加成效果。總之，就是申請下來了。」

傳說中的情人節禮物！

鳳簫看著手中的識別證與門禁卡，緊皺的眉心鬆開，越看越樂。

這才對嘛，終於有點情人節的氣氛了，就算這禮物好像跟一般的情人節禮物不太一樣也沒關係。

「于進喊妳袁法醫。」鳳簫突然想起別件事了。

「是。」

「簡霓喊妳日霏。」

「是。」

「日霏。」鳳簫試著喊了一聲。

「嗯？」袁日霏回應得很自然。

可鳳簫的表情看來不太滿意。

「霏霏？」

「……」袁日霏差點被他雷出滿地雞皮疙瘩。

這人非要把情人節搞成萬聖節嗎？

「小鳳鳳。」袁日霏只好找出一個比他更雷的稱呼回報他。這叫什麼？以其人之道還治其人之身？

「很爛。」鳳簫瞪她。

「鳳小寶。」再來。袁日霏繼續。

「爛透了。」

「霏霏也爛透了。」

「……」

「寶貝？」鳳簫繼續掙扎。

袁日霏不想陪他玩了。

「你到底要做什麼？我要去上班了！」袁日霏雙手盤胸，沒好氣地瞪他，先是情人節，然後是稱呼，他最好是想說什麼重要的事。

「今天是西洋情人節。」鳳簫簡直跳針了。

「我知道，你剛剛說過了。」袁日霏眞想崩潰。

「我要給妳跟我一起過情人節的機會。」他儼然一副袁日霏該喊「謝主隆恩」的口吻。

「我對過節沒有興趣，任何節日都是。」

「……」就連情人節也要句點他是怎樣？鳳簫的表情越發陰狠了。

「但是，跟你在一起倒是可以的。」

聽來全不浪漫的一句話，袁日霏說來不易，已經是極限了。

「既然證件申請下來了，所以，你要待在局裡陪我嗎？你可以待在我的辦公室，雖然可能有點無聊。」

鳳簫眼眉飛揚，顯得有點高興，還沒回話，于進倒是先從局內風風火火地衝了出來。

「袁法醫！鳳六？你怎麼在……算了算了，管你爲什麼在這！你在這眞是太好了，走走走！你們兩個都跟我一起走，有案件！」于進匆匆忙忙地跑了，臨行前不停催促他們盡快跟上。

袁日霏與鳳簫兩人相視一眼。

既然有案件，勢必得往現場去，解剖就必須延後，今天一定要加班了，絕對是很忙碌的一天。

什麼情人節？忙完都結束了吧。

「所以呢？你一直強調情人節，準備了什麼送我？」搭上袁日霏的座車後，袁日霏手握方向盤，驅動了引擎，偏首問鳳簫。

「我。」

「……」算了，當她沒問，袁日霏專心開車。

孔雀的厚顏程度永遠不是她能想像的。

「幹麼？不喜歡？」鳳簫的眉頭又危險地皺起來了。

「可以不要嗎？」

「不行。」鳳簫瞪她。

袁日霏望著他，無言了會兒，卻默默笑了。

怎麼可能不要？

一直、一直都是如此慶幸能夠遇見他。

他們的情人節一點也不浪漫，有屍體、有命案，可能還有鬼。

但是沒關係，只要有對方在，都是可以的。

情人節快樂，她最驕傲的孔雀。

番外三　于進的高中時代

十六歲的于進對自己還是挺有自信的。

在學業上，雖稱不上是學霸，好歹也是榜上有名，校排絕對名列前茅。

在體育上，舉凡跑步、游泳、球類運動，全是校內數一數二，各個社團爭相搶奪的大將。

在外貌上，那就更不用說了，超過一百八十公分的身高、運動全才的結實體魄，加上遺傳自原住民母親的深邃五官，校草當之無愧。

不過，這是在校內沒有鳳簫這號人物的前提之下。

鳳簫，人如其名，這人從名字開始就充斥著一股裝逼的氛圍。

鳳簫是什麼東西？不過是一種樂器而已，而且還是很少用的那種。

偏偏這樂器樣樣都比他吃得開。

聽聽校內女生是怎麼形容鳳簫的？

功課好、運動佳、文武全才？拜託，這他也有啊！

皮膚白、膚質好、俊美無雙？開玩笑，不就是娘砲而已嗎？即使娘砲這字眼有性別歧視之嫌，他也認爲再適合鳳簫不過了！

兩眼瞳孔顏色不同？氣質神祕？別鬧了，這是種病變吧？

百年家族、家學淵源、堪比豪門？無恥，這種怪力亂神的東西好意思搬上檯面？身上永遠有股青草樹木的芳香氣息，就算打完球流了滿身汗也一樣？誰信啊，以爲是少女漫畫還是言情小說嗎！

直到某次，于進在校園裡和剛上完體育課的鳳簫擦肩而過，親自聞到鳳簫身上那若有似無、絕對不像是古龍水或任何人工香味的怡人味道時，錯愕地愣了愣，不禁停下腳步。

這不科學！根本開了外掛吧？

于進不可置信，更不可置信的是，他明明已經夠高了，而鳳簫一臉秀致，卻居然足足多了他幾公分！

長相清秀的男生都應該要是矮子啊！老天爺未免太不公平了吧！

感覺到有人在身旁停下，而且正神情複雜地盯著他瞧，鳳簫擰起雙眉，奇怪地睞向于進，完全不知道黑黝黝的于進瞪著他要幹麼。

「喂！你！看什麼看啊？」靠！被鳳簫那雙漂亮的異色瞳盯住眞的很令人心慌……呸呸呸！哪裡漂亮了？他才不承認！于進陡然心虛起來，先聲奪人。

鳳簫靜靜注視了于進幾秒，于進被看得心生壓力，只得更加橫眉豎目，兩人就這麼大眼瞪小眼地互望了好半晌。

「可憐。」慢悠悠地，鳳簫從容吐出這兩個字。

「你說什麼？誰可憐？」說什麼啊這傢伙！本就橫眉豎目的于進更加橫眉豎目

了。

「你忌妒我。」鳳簫面無表情地從于進臉上得到這個結論。

「我幹麼忌妒你？你有病啊！」被戳破的于進立刻反駁，徹底被噁心了一把。

可惜弄清楚于進的動機後，鳳簫連一秒鐘也不願浪費，逕自提步走遠。

去他的忌妒啊！自此之後，于進看鳳簫更加不順眼了。

正由於于進看鳳簫是如此不順眼，以致當他在課後時間，發現有一群不良少年團團圍住鳳簫時，簡直開心得要命，一點想過去幫手的意思都沒有，反而很惋惜手上沒有可樂、爆米花之類的東西，若是有張導演椅就更好了。

快給這囂張的傢伙點顏色瞧瞧吧！于進喜孜孜地想。

打架可是和按表操課的體育課不一樣，憑的是臨場反應和雜學……砰！兵荒馬亂間，突然有一支掃把凌空飛來，險些打中于進腦袋。

「反應快一點，打架和體育課可不一樣。」鳳簫涼涼一句飄過來，差點沒將于進氣到吐血。

「喂！是誰躲在那偷看？」前方聚集的不良少年們發現于進。

「管他是誰！同一間學校的，一起打！」注意到于進身上與鳳簫相同的制服，少年們七手八腳圍上來。

靠靠靠！關他啥事啊？兄弟，我和你們一樣看他不順眼啊！

于進措手不及，百口莫辯，眼看著敵人已經殺到眼前，只得挽起袖子，莫名其妙加入戰局。

霎時間拳來腳往，兩人為形勢所逼，同仇敵愾，手邊能運用的東西全被充作武器，一陣惡鬥。好半晌，終於順利擊退了為數不少的地方少年。

兩人氣喘吁吁，雖然大獲全勝，但頭臉都有些掛彩，各自狼狽無比地坐在地上，背靠著牆喘氣。

「喂，他們為什麼找你麻煩？」于進邊喘邊問。

鳳簫沒有回答。

「不想說就算了，誰稀罕啊？每次都一副高大上的樣子，看了真討厭。」于進喝光最後一滴礦泉水，忿忿將空瓶扔進書包裡，哼哼。

「不是不想說，是我真的不知道。」可能因為方才經過一場惡鬥，鳳簫對于進油然生出一絲絲共患難的情誼，難得善心地回答他問題。

「蛤？」于進一愣，旋即幸災樂禍地笑了。「單純看你不順眼對吧？哈哈哈！活該你裝逼，裝逼被雷劈。」

「無聊。」善心果然是沒有用的。鳳簫背好書包起身，拍拍身上的塵土。

奇怪！這人怎麼打過一場架還是自帶氣場，看起來非常飄逸又俊秀？

不對，現在可不是走神的時候。

「去哪啊你？」于進猛然拉住鳳簫書包背帶。

這附近荒涼無比，他是心血來潮、臨時起意，才會難得晃到這裡來，結果走著走著就迷路了，這下還不趕快抓著鳳簫問怎麼回去？

「回家。」鳳簫把背帶拉回來，被于進問得莫名其妙。課上完了，架也打完了，不回家要幹麼？

「你家在哪？我們一塊走吧！」于進趕緊撿起地上的書包，跟在鳳簫後頭。

「就在這。」鳳簫指指身後大門，被于進問得更加莫名其妙了。

鳳家名聲遠揚，他以爲全世界的人都知道他住這，至少剛才那群找麻煩的傢伙就知道。

「這是你家？」于進愣住，後知後覺地發現背後有道氣勢驚人的大門，門口還有對如假包換的石獅。

再定睛一望，圍牆內有著恢弘霸氣的中式建築，除了古裝劇外，他眞沒見過如此氣派的房子，下巴簡直要掉下來。

「不送。」鳳簫將書包甩上肩頭，沒空等于進驚訝。

「等等！」于進一把扯住鳳簫的書包。

鳳簫停步，臉上明明白白寫著「你又幹麼」。

「喂！關於你家那些傳說是眞的嗎？」親眼看見氣勢這麼磅礴的房子，鳳家各種傳聞湧上于進心頭，頓時令他感到可信度增加了起來。

眼見爲憑嘛，傳聞若沒幾分可靠，哪來這麼氣派的房子？

鳳簫不想回答這個問題。

「啊，好啦！不管眞的還是假的我都信，可不可以幫我找一個人？」

「不行。」怎樣？以爲他是徵信社嗎？鳳簫果斷拒絕，轉頭就走。

「等等！聽我把話說完啦！」于進伸手扯住鳳簫袖子。「也不用眞的找啦，幫我看看他是死是活就好了，你們不是可以眼觀陰陽嗎？幫我確認一下就好，拜託。」

于進這麼一說，鳳簫倒是有點興趣了。

「找誰？」

「我爸。」

鳳簫一愣。

「對，就是我爸，你沒聽錯，他離家出走好多年了。」于進明白鳳簫爲何愣住，直接挑明。「他說他是用頭腦幹大事的人，瞧不起我媽靠勞力賺來的辛苦錢，所以很早就跑了，我都不知道幾年沒看過他了。」

「喔。」聽聞于進突來地自曝家醜，鳳簫一時不知該如何反應，只好隨便喔了聲表示聽見。

「然後，你以爲他說要幹大事，就眞的跑去做了什麼大事嗎？對啦，算起來也是大事，家裡收到他的傳票，說他開人頭公司啦、拐帶外籍女子來臺賣淫啦……他的戶籍在家裡，警方、債主……有的沒有的統統找上門，最好是靠頭腦賺錢啦！有種就做到天衣無縫，不要被抓到啊！」

于進一股腦說完，鳳簫打量于進的眼神充滿不解。

這傢伙眞不是普通的怪，一邊忌妒他，一邊陪他打架，最後居然自來熟掏心掏肺？

「他是不是左臉有胎記，手臂上有一條龍刺青，老愛穿花襯衫？」

「靠！這樣你就知道了？有沒有這麼神啊？」

鳳簫睞向于進身後不遠處那隻鬼——左臉有胎記，手臂上有一條龍刺青，穿著花襯衫。

因爲生前做了太多窮凶惡極之事，天不要、地不收，僅能孤零零在人間徘徊，體驗無邊無際的空虛蒼涼之苦，直到有朝一日大澈大悟，心存善念，累積了些許福報，才能正式進入地府，獲得償還罪孽、投胎轉生的機會。

鳳簫不是第一次在于進身旁看見這隻鬼了。

一般來說，若孤魂野鬼沒有傷害生人的疑慮，他並不會主動找對方麻煩。更何況，這隻鬼總是站在離于進有一段距離的地方，看起來對于進毫無惡意。

鳳簫本以爲單純是因爲于進八字重、正氣凜然，無法靠得太近的緣故，經于進這麼一提才知道，原來那是于進的父親。

「找他做什麼？」鳳簫猶豫了片刻，都沒能給出個乾脆的回答，只好先轉移話題。

「沒什麼，就是想知道他在幹麼而已。」于進聳聳肩。

雖然很討厭這個老是找麻煩的爸爸，但爸爸總歸是爸爸，還是會想探聽他現在究竟怎麼樣了。

「沒消息就是好消息，至少代表他沒被抓，也或許他改邪歸正了？」鳳簫眼神飄移了下，怎樣也無法據實以告，卻又不願說謊，只得含糊地應了句。

這種情況下，究竟于進的父親是活著比較好，還是死了比較好？十六歲的鳳簫不明白。他想，或許他到了二十六歲、三十六歲也未必能明白。

「對噢，也是。謝啦！鳳簫，拜。」于進眼神瞬間亮了起來，似乎很開心，連迷路的事實都忘了，喜孜孜提著書包跑開。

半個月後，鳳簫都已經快要忘記這件事時，于進突然衝進他的班級來。

「吼！你根本算不準嘛，還以為你多厲害咧！」于進氣沖沖地將一份報紙扔到他桌上，上頭有則新聞被畫了個紅色圈圈。

鳳簫定睛一看，是某位黑幫人物被抓，供出已遭殺害的被害人名單及藏屍地點的消息。

鳳簫並不確定于進父親的姓名，但從被害人們以馬賽克處理過的照片當中，仍能清楚認出其中一位臉上的胎記、手臂上的刺青與身上所穿的花襯衫，與于進父親的特徵十分相似。

「說得跟眞的一樣，害我還以為我爸改邪歸正了，結果他根本就死了，連想改邪歸正都沒機會了。」于進完全沒考慮過鳳簫是不是因為擔憂他心裡難受，所以才選擇這麼說，一股腦抱怨。

鳳簫無言，發現同情心這東西根本不該用在于進身上。

「欸。」于進自顧自埋怨完，眼神突然一亮。

「幹麼？」鳳簫望著他發亮的眼睛，頓時有種不妙的預感。

「給你一個挽回名聲的機會。」

「不必。」鳳簫別過臉，完全不想理于進。

「齁！拜託啦！」于進繞到他面前。「幫我看看跟校花女神告白能不能成功啦！我暗戀她好久了。」

女神上星期交了男朋友，全校都知道，怎麼于進就是不知道？難道這是一種選擇性的記憶障礙？

鳳簫真是受夠于進死纏爛打的本事，可是居然有點想笑。

這人怎麼能這麼神經大條又這麼耍寶？那個詞是怎樣說的？天然？不做作？

鳳簫這次決定不要濫用同情心了，一刀斃命就是。

於是，幾天後，于進再度氣急敗壞地跳到他眼前。

「吼！都是你叫我去和校花告白，還幫我算了個什麼良辰吉時，結果！我根本還沒跟她講到半句話，就看見她男人從她房間裡走出來，一副剛辦完事的樣子……啊！不說了啦！越想越氣，爛透了啊你！」于進少男心碎，把氣出在鳳簫身上，亂罵一通。

鳳簫理都不理于進，甚至有點幸災樂禍。不過于進嚷著嚷著，又捲土重來了。

「欸，再讓你挽回名聲一下。」

「還來？」有完沒完？這人想問的問題也太多了吧！鳳簫眞是不可思議。

「當然啊。」于進樂呵呵的，好像任何挫折都沒辦法打倒他。

鳳簫頭痛之餘，忽然興起別的念頭。

命理玄學博大精深，測字、卜卦他還沒摸通透，一來是年紀輕、閱歷尙淺，樣本數不足，二來是擔憂砸了鳳家招牌，不敢逢人便算。

現在既然無論算得準不準，于進的態度始終如一，而且問題多到算不完，不利用于進練習還用誰練習？

「來，想著你要問的問題，在這裡寫一個字。」鳳簫遞出張白紙到于進眼前。

「哇！這難道就是傳說中的測字嗎？」于進更樂了。

接下來的日子裡，就在一連串的「哇，古錢欸」、「哇，龜殼欸」、「哇，連米都能算」與「快幫我算一下」、「你到底行不行啊」、「眞難得你算得這麼準」中度過。

鳳簫隨興，全憑喜好，有時認眞算，有時隨便算，有時愛算不算，怎麼開心怎麼整。

于進也不知怎麼搞的，越纏鳳簫越起勁，整天都跟在鳳簫身旁胡亂嚷嚷，大概找虐找出興趣。

兩個校園風雲人物走在一起會發生什麼事？

沒什麼，就是令校內某特定族群心花怒放，高速產出各式各樣的小本子而已。

冷漠攻／熱血受、陽光攻／高冷受……校內出現了各種于進鳳六本，甚至還有些人因爲逆ＣＰ和攻受反轉之類的理由爭執不下。

「無聊。」

「拜託！我怎麼可能是受？」

鳳簫與于進各自的感想是這樣，至於哪句是誰的感想，就不用特別說明了。

高中三年飛也似的過去，畢業典禮結束後，于進特地繞到鳳簫家門前，慎重道：

「我要去考警察大學。」

鳳簫偏首打量于進，眞不明白于進有話幹麼不在學校說。

「人家都說上梁不正下梁歪，我不服氣。」于進突然雙手握拳，重重拋出一句。

鳳簫一愣，慢半拍點頭，隱約明白了于進爲何不在學校跟他提這件事的原因。

雖然于進總是一副吊兒郎當的模樣，可是除了那回請他打探父親下落，從不曾向任何人提及家庭狀況。或許，于進心裡還是挺介意父親的爲非作歹。

「讀警察大學的話，學雜費方面輕鬆很多，我媽的經濟負擔也不會那麼重。」于進補充，像要證明自己深思熟慮、心意已決。

「考得上再說。」

「靠！」于進早就習慣鳳簫的吐槽，搥他一拳，突然又感嘆：「可惜沒機會和你上同間大學了。」

「謝天謝地。」鳳簫聳肩。

「鳳簫。」于進頓了頓，有些遲疑。

「幹麼？」

「我總想，我爸到死都沒做過一件好事，最後還是被黑吃黑幹掉的……假如，當初有警察能抓到我爸，讓我爸早點去坐牢，他或許不會死；或者，假如警察能早點抓到殺死他的那個人，他還可以活久一點。」雖然人世間沒有如果，但他總是會忍不住這麼想，想著想著，便覺得有點不甘心。

「嗯。」鳳簫對掏心掏肺的于進永遠不知道該回應什麼。

「所以，我想當警察，想救很多家庭，還想幫忙很多人。我爸沒做過的那些好事，我來幫他做。」

「嗯。」鳳簫應聲，眸光卻悄悄瞥向于進後方不遠處。

這一瞬間，于進想為父親行善的信念與決心成為功德，迴向給父親，為父親撬開了能夠償還罪孽的地府大門。

于進身後那隻花襯衫鬼抬起手抹了抹眼睛，好像哭了。

接著，陰差提著鬼鏈來了，花襯衫鬼終於結束了好幾年的飄蕩，一邊擦眼淚一邊隨著陰差走了。

「欸，鳳簫，你說，我應該會是個好警察吧？」渾然不知發生何事的于進笑出一口白牙，對未來充滿期待。

「嗯。」鳳簫點頭，沒有告訴于進，其實他覺得于進的爸爸做過一件好事，那就是把于進生下來。

驕陽如火，鳳凰花開，高中生涯眞正宣告結束了，于進與鳳簫分道揚鑣。

兩人各自在人生道路上拚搏奮鬥，不曾聯絡，直到于進如願考進警察大學，讀完警大，成爲刑警，再度與鳳簫相遇——

後記　致謹小慎微的我們

這是我第一次寫後記卡稿，從來沒想過原來後記也會卡稿。寫這個故事的過程當中，眞是發生很多荒謬離奇的事，如今終於來到寫下冊後記的時刻也不放過。

我懷疑這是鳳小寶的陰謀，藉此抱怨我在這個故事裡沒有給他太多福利……好吧，算了，管他的，反正我都寫完了，他能拿我怎樣？XD

寫下這個故事的動機，是來自於「努力到底有什麼用」，以及「老天爺啊祢究竟在哪裡啊啊啊」這種灰心的念頭。

無論再如何積極樂觀堅強，無論再如何想打起精神，總有這種時候的，對吧？而我就是想寫這種時候。所以，寫了一個明明很努力，老天爺卻似乎總是不站在她那邊的袁日霏。

我想寫這種叫天天不應、叫地地不靈的絕望感，致每一個謹小慎微的我們。

但願每個不開心不如意不順遂，很想仰天大喊「老天爺祢這混蛋給我出來」的時刻，都能有隻孔雀爲我們劈開一條康莊大道、所向披靡。

由於這個故事同時涉及科學與玄學的部分，因此需要查找兩種截然不同面向的資料。安排情節時，我也盡量希望兩邊平衡，不要傾斜某方太多。

上冊後記中提過，我不是個很聰明的人，所以這件看似簡單的事，每回都會造成我的下筆困難。

我不太習慣在後記裡爲故事人物做任何注解與補述，因爲我一直認爲，故事完成的時候，作者就不存在了。

所有該感受到的感受，所有角色該呈現出的模樣，都應該在書中盡情展現，倘若沒能確實傳達出去，那就是我還需要努力的功課，事後不該再以任何文字補償。

所以，爲了不留下遺憾，不讓自己在故事結束時仍覺得有哪些地方沒寫足寫滿，眞的傷透腦筋。

鳳六太帥的時候，我擔心日霏太弱；術法解決了太多問題的時候，我就不停思考要怎麼讓日霏的專業派上用場。

戰鬥的時候，我擔心愛情成分太少；談戀愛的時候，我又擔心拖慢故事節奏。

反覆折騰、輾轉煎熬，稿子來來回回、前前後後不知看過多少遍，我甚至寫掉了足足兩本筆記本，上面充滿各種我混亂的思緒及線索，好不容易才產出這部總共近二十二萬字的作品。

寫下「全文完」的那刻，再度把這兩本筆記本拿出來看，才發現搞毛啊，查了那麼多資料、做了那麼多筆記，居然還有這麼多東西沒用到，眞是太不甘心了啊！只好賭氣寫個第二部了（並不是）XDD

總之，撰寫故事的過程縱然痛苦，但也非常非常開心。

能把這麼多亂七八糟的東西統統混在一起，寫妖寫鬼寫絕望寫偏執眞的是件相當暢快淋漓的事。

無論現實生活中多麼不如意，說故事都是這麼令人快樂。倘若我的故事也能爲大家帶來一段快樂的閱讀時光，那就更好了。

謝謝連載時給了我許多指導與幫助的彗心、聿聿、我親愛的姊姊，以及小弟。

謝謝出版社內站在故事背後、協助成書的每一位夥伴。

更謝謝閱讀這個故事的每一個你。

我們下個故事見！

亞樹

國家圖書館出版品預行編目資料

神都聽見了嗎? / 宋亞樹著. -- 初版. -- 臺北市；
城邦原創出版：家庭傳媒城邦分公司發行, 民
107.08-107.09
冊；　公分

ISBN 978-986-96522-7-8（上冊：平裝）. --
ISBN 978-986-96522-9-2（下冊：平裝）

857.7　　107013420

神都聽見了嗎？（下）

作　　者／宋亞樹
企畫選書／楊馥蔓
責任編輯／陳思涵

行銷業務／林政杰
總 編 輯／楊馥蔓
總 經 理／伍文翠
發 行 人／何飛鵬
法律顧問／元禾法律事務所　王子文律師
出　　版／城邦原創股份有限公司
台北市中山區民生東路二段 141 號 6 樓
電話：(02) 2509-5506　傳真：(02) 2500-1933
E-mail：service@popo.tw
發　　行／英屬蓋曼群島商家庭傳媒股份有限公司城邦分公司
聯絡地址：台北市中山區民生東路二段 141 號 11 樓
書虫客服服務專線：(02) 25007718．(02) 25007719
24小時傳眞服務：(02) 25001990．(02) 25001991
服務時間：週一至週五09:30-12:00．13:30-17:00
郵撥帳號：19863813　戶名：書虫股份有限公司
讀者服務信箱 email：service@readingclub.com.tw
城邦讀書花園網址：www.cite.com.tw
香港發行所／城邦（香港）出版集團有限公司
地址：香港灣仔駱克道 193 號東超商業中心 1 樓
email：hkcite@biznetvigator.com
電話：(852)25086231　傳眞：(852) 25789337
馬新發行所／城邦（馬新）出版集團 Cité(M)Sdn. Bhd.
41, Jalan Radin Anum, Bandar Baru Sri Petaling,
57000 Kuala Lumpur, Malaysia.
電話：(603) 90578822　傳眞：(603) 90576622
email:cite@cite.com.my

封面插畫／紅茶
封面設計／黃聖文
印　　刷／漾格科技股份有限公司
電腦排版／陳瑜安
經 銷 商／聯合發行股份有限公司
客服專線：(02)2917-8022　傳眞：(02)2911-0053

■ 2018 年（民 107）9 月初版　Printed in Taiwan
■ 2020 年（民 109）6 月初版 6 刷

POPO城邦原創 www.popo.tw　城邦讀書花園 www.cite.com.tw

定價 / 260元

ISBN　978-986-96522-9-2
本書如有缺頁、倒裝，請來信至service@popo.tw，會有專人協助換書事宜，謝謝！